Un amour qui ne meurt jamais

J'AI LU

Barbara Cartland est une romancière anglaise dont la réputation n'est plus à faire.

Ses romans variés et passionnants mêlent avec bonheur aventures et amour.

Vous retrouverez tous les titres disponibles dans le catalogue que vous remettra gratuitement votre libraire.

Barbara Cartland

Un amour qui ne meurt jamais

Traduit de l'anglais
par Arlette Siedel

Éditions J'ai lu

Titre original :

PUNISHED WITH LOVE

NOTE DE L'AUTEUR

Parmi les territoires qui n'étaient pas directement administrés par les Anglais on dénombrait plus de six cents Etats indiens qui avaient, en général, accepté pacifiquement la souveraineté britannique.

De superficie variable, ils comptaient une population totale de soixante-dix-sept millions d'habitants.

Ils étaient théoriquement autonomes mais, si leurs dirigeants ne se pliaient pas aux exigences de la Couronne, on leur imposait un résident britannique.

Quelques Etats étaient entièrement indépendants, d'autres subissaient le contrôle sévère de princes dépravés qui gouvernaient mal en opprimant les plus faibles.

Il est curieux de noter que les gouvernantes des familles princières indiennes étaient toujours choisies par les Anglais, ce qui permettait à ces derniers de former les jeunes princes au système impérialiste.

Façonnés par les nurses, les précepteurs, les conseillers, influencés par l'exemple de visiteurs officiels et souvent, aussi, par l'éducation d'Eton ou d'Oxford, nombre d'entre eux devenaient de vrais Britanniques.

Ils étaient, comme on l'a écrit, « des aristocrates anglais polis par le raffinement oriental ».

1

1883

Latonia, en chevauchant sur la lande poudreuse, se demandait pourquoi sa cousine lui avait envoyé cette lettre si urgente, tôt ce matin-là.

Cette précipitation ne ressemblait pas à Toni, et Latonia essayait d'imaginer ce qui avait bien pu se passer depuis leur rencontre de l'avant-veille.

Il était fort étonnant d'ailleurs qu'elles fussent restées quarante-huit heures sans se voir car, Toni le disait souvent, elles se sentaient plus proches que des sœurs.

En fait, Latonia considérait plutôt Toni comme sa jumelle, ce qui n'était pas surprenant quand on savait que leurs mères avaient été liées par la même affection.

Lady Branscombe et Mme Hythe étaient cousines. Elles avaient attendu ensemble leurs bébés, et prétendaient en riant qu'elles avaient fait la course à qui accoucherait la première. Mme Hythe avait gagné et, de ce fait, Latonia était de trois jours plus âgée que sa cousine.

Pour se rapprocher encore davantage, lady Branscombe et Mme Hythe avaient décidé de donner le même prénom à leurs enfants et, chose étrange, elles étaient persuadées qu'elles auraient toutes deux des filles.

– Naturellement, Hubert veut un garçon, avait déclaré lady Branscombe. Quel est l'Anglais qui ne désirerait pas un garçon? Mais je suis certaine, Elizabeth, que nous aurons une fille l'une et l'autre.

– C'est extraordinaire, avait répondu Mme Hythe, quand je rêve de mon bébé, je vois toujours une fille. Bien que nous n'ayons pas un grand titre à lui léguer, comme c'est le cas pour votre famille, Arthur aimerait un fils pour lui apprendre à monter à cheval et à chasser. Un fils qui servirait plus tard dans son propre régiment.

– Eh bien, Arthur attendra un peu, avait déclaré lady Branscombe en souriant.

Mais elle ne pouvait deviner, pas plus qu'Elizabeth Hythe, d'ailleurs, le destin qui attendait les deux petites filles. Les enfants jouaient et passaient ensemble la plupart de leur temps. Elles partageaient également la même gouvernante car les Hythe étaient peu fortunés et Latonia avait appris à monter sur les chevaux de lord Branscombe, plus fougueux et plus racés que ceux de son père.

Cependant, Latonia n'était pas jalouse de la différence de situation qui existait entre Toni et elle. Ses parents vivaient dans un manoir petit mais charmant, entouré de quelques acres de terre; et elle avait compris, malgré sa jeunesse, que l'atmosphère y était plus plaisante que celle qui régnait dans l'énorme château appartenant au père de Toni.

Elle avait d'ailleurs dit un jour à sa mère :

– Tante Margaret et oncle Hubert n'ont pas l'air de s'amuser autant que nous.

Mais Toni, qui s'était donné ce diminutif dès

qu'elle avait été en âge de parler, compensait largement le manque de gaieté de ses parents.

Extrêmement séduisante, elle était espiègle, impulsive, et se révéla, en grandissant, d'un naturel très flirteur. Elle avait rapidement compris que son succès n'était pas seulement dû à la position sociale de son père. Son charme et sa personnalité attirante laissaient les jeunes gens interdits, troublés et conquis dès la première rencontre.

Lady Branscombe avait eu l'intention de présenter les deux cousines à la reine et de les emmener à Londres pendant la « saison », ce qui leur aurait permis, pensait-elle, de trouver un bon parti.

Hélas, lady Branscombe s'était tuée dans un accident de chasse; Toni n'avait que seize ans et lord Branscombe s'était vu dans l'obligation d'appeler une cousine « bien sous tous rapports » pour remplacer sa femme. Latonia, à son tour, devint tragiquement orpheline quelques mois avant le voyage projeté à Londres avec Toni.

Le capitaine et Mme Hythe étaient partis pour les Indes rendre visite au jeune frère de lord Branscombe. Kenrick Combe était réputé pour être l'un des jeunes officiers les plus brillants de l'armée. Ses subordonnés parlaient de lui avec respect, et il glaçait quelque peu ses collègues. Comme il occupait un poste assez important aux Indes, il avait demandé à son frère, lord Branscombe, de venir le voir. Il avait prévu de nombreuses réceptions pendant le séjour de son frère et la visite de toutes les régions de l'Inde qui l'intéressaient plus particulièrement. Malheureusement, lord Branscombe ne fit jamais ce voyage. En fait, ce ne furent pas ses fonctions à la Chambre des Lords qui le retinrent, mais une étrange maladie qui se révéla difficile à diagnostiquer. Les médecins décidèrent qu'il n'était pas en état d'entreprendre une traversée aussi éprouvante et de supporter les réceptions et les visites qui l'attendaient là-bas.

Pour ne pas décevoir son frère il envoya au tout dernier moment le capitaine Hythe et sa femme pour le représenter.

– Papa est ravi! Il a toujours rêvé d'aller aux Indes, avait dit Mme Hythe à Latonia. Et il a connu Kenrick Combe tout enfant.

– Il faut que vous partiez, maman, avait répondu Latonia. Mais vous me manquerez.

– Et tu nous manqueras aussi, ma chérie. Mais je sais que tu t'amuseras bien, ici, avec Toni, et que vous serez sages. De toute façon, si vous faites des sottises, Toni y sera sûrement pour quelque chose.

Mme Hythe et Latonia avaient ri toutes deux à cette idée.

Mais ce n'est qu'après le départ de sa mère qu'elle avait réalisé la somme de bêtises que Toni était capable d'accumuler en une seule journée.

Elle n'était pas officiellement autorisée à sortir dans le monde et devait, en principe, rester confinée dans la salle d'études pour s'occuper de ses devoirs et non des jeunes gens.

Ils surgissaient en une nuit autour de Toni comme des champignons, avec des billets glissés subrepticement par des servantes complaisantes, fixant des rendez-vous dans les petits bois obscurs.

Ces cavaliers arrivaient comme par magie dès qu'elles s'éloignaient de la maison et chevauchaient avec les deux jeunes filles jusqu'à leur retour au château.

Latonia trouvait cela très romantique et n'y voyait aucun mal.

– Tu as l'impression d'être amoureuse, Toni? demandait-elle.

– Non, non, bien sûr que non, répliquait Toni. Patrick, Gerald et Basile sont de simples chevaliers servants, mais j'aime la façon dont ils me regardent et je prends plaisir à deviner leur envie de m'embrasser. Pourtant ils savent très bien que je me mettrais en colère si jamais ils essayaient!

Latonia riait; elle savait que Toni était sincère et qu'elle n'était pas réellement attirée par ces garçons qui papillonnaient autour d'elle.

Cependant, la jeune fille s'interrogeait sur leur avenir respectif; elle avait récemment pris conscience de la différence qui existait entre sa cousine et elle. Et elle n'avait guère envie, en ce qui la concernait, de traîner des douzaines d'hommes à ses basques.

Dans ses rêves, elle avait toujours désiré trouver un homme qu'elle aimerait et qui l'aimerait, comme son père et sa mère, qui étaient tombés amoureux l'un de l'autre dès leur première rencontre.

« Je veux un vrai foyer », se disait Latonia.

Elle se l'était répété, un mois plus tard, lorsqu'elle apprit la mort tragique de ses parents.

Sa mère lui écrivait :

« Tout est fascinant, et papa profite de tous les instants que nous passons ici. Il aura tant de choses à raconter à oncle Hubert lorsque nous reviendrons! J'espère que tu ne seras pas trop triste, ma chérie, si nous décidons de rester un mois de plus. Je suis sûre que tu es très heureuse avec Toni et nous serons bientôt à nouveau réunis. »

Trois semaines après l'arrivée de cette lettre, qui mit une quinzaine de jours pour venir des Indes, lord Branscombe mourut d'une crise cardiaque. Les médecins n'avaient pas décelé ce mauvais état de santé, déjà ancien, mais en découvrant la gravité de son mal, ils déclarèrent que c'était miracle qu'il ne fût pas mort plus tôt.

On expédia des télégrammes aux Indes. Toni réalisa alors que son oncle Kenrick devenait le quatrième lord Branscombe.

– Comment est-il? avait demandé Latonia à Toni.

– Je ne l'ai pas vu depuis des années. Papa était très fier de lui, mais d'après ce que j'ai entendu dire, il est très autoritaire et les gens qui sont sous ses ordres le trouvent terrifiant.

Toni avait lancé cette phrase avec légèreté, comme une chose sans importance, mais Latonia savait, d'ores et déjà, que lord Branscombe serait le tuteur de sa cousine.

Un mois plus tard, alors qu'ils revenaient des Indes sans avoir pu éviter les nombreuses réceptions organisées en leur honneur, le capitaine et Mme Hythe contractèrent la fièvre jaune.

Le bateau fut mis en quarantaine en arrivant à Port-Saïd à cause d'un marin contaminé. Dans ses lettres, Mme Hythe expliquait à Latonia qu'elle se sentait en punition sur ce navire arborant le drapeau jaune, sans avoir le droit de descendre à terre.

Les Hythe rongèrent leur frein. Quand les membres de l'équipage, puis quelques passagers, furent emportés par le terrible fléau, les parents de Latonia ne purent que prier afin d'être épargnés.

A l'annonce de leur mort, il fut impossible à Latonia de croire qu'elle ne les reverrait plus jamais. Elle les avait tant aimés, et elle avait connu un tel bonheur auprès d'eux qu'elle eut l'impression qu'une partie d'elle-même était morte avec son père et sa mère.

Elle se répétait sans cesse que si elle avait voyagé avec eux, ils n'auraient pas été séparés.

Puis elle avait réagi : la vie devait continuer. Son père, plus que quiconque, eût détesté qu'elle se montrât lâche en refusant de faire face aux difficultés qui n'allaient pas manquer de survenir.

Son chagrin fut encore avivé par l'absence de Toni, déjà partie pour Londres avec une cousine qui avait décidé de la chaperonner pour ses débuts dans le monde.

– Cela ne sert à rien de vous enterrer dans ce trou, ma chère enfant, avait déclaré celle-ci. Il faut venir à Londres, et bien que vous ne puissiez assister aux soirées à cause de votre deuil, vous verrez chez moi des gens charmants. Dans six mois, vous pourrez fréquenter le théâtre, l'opéra, et vous trouverez des milliers de choses à faire.

La cousine n'avait pas invité Latonia qui, d'ailleurs, n'aurait pas accepté de partir immédiatement. Le temps passait et Toni ne revenait pas; Latonia finit par se dire que le chaperon n'avait aucune envie de se charger de responsabilités supplémentaires et qu'elle devait abandonner tout espoir d'être présentée en même temps que Toni.

La jeune fille n'en fut pas chagrinée. Elle était très heureuse dans sa campagne, et la vieille gouvernante qui avait fait office d'institutrice aux deux cousines lorsqu'elles étaient enfants, revint à Manor House pour s'occuper d'elle.

Mlle Waddeson était une femme intelligente. Depuis qu'elle avait pris de l'âge elle n'aspirait qu'à mener une vie paisible et laissait à Latonia une entière liberté.

Sans Toni, la vie était calme et les mois s'écoulaient tranquillement jusqu'au jour où, sans crier gare, la jeune fille réapparut.

Aussitôt arrivée, elle envoya chercher Latonia. Elles tombèrent dans les bras l'une de l'autre, et comprirent que rien n'était changé et qu'elles restaient aussi unies que par le passé.

– Je suis tellement heureuse de te revoir! s'écria Toni. J'ai bien suggéré à cousine Alice de te faire venir à Londres, mais elle a trouvé qu'elle avait bien assez de soucis avec moi.

Toni semblait plaisanter, mais Latonia demanda d'un air interrogateur :

– Tu as des problèmes?

– Bien sûr! Comme toujours! Il faut que tu m'aides, chérie, j'ai besoin de toi.

– Que se passe-t-il, cette fois?

– Je suis amoureuse!

Latonia battit des mains.

– Oh, Toni! C'est merveilleux! Qui est-ce?

– Le marquis de Seaton.

Latonia murmura :

– Je ne peux pas le croire. Comment l'as-tu rencontré? Et qu'en dit son père?

L'étonnement de Latonia était compréhensible. Le marquis de Seaton était le fils aîné du duc de Hampton, la plus importante personnalité du comté. Ce dernier considérait tous les gens du pays du haut de sa grandeur. Il connaissait un peu lord Branscombe. En fait, ils s'étaient querellés à propos des limites de leurs propriétés contiguës et, depuis lors, les deux gentilshommes avaient rompu toute relation.

Dans leur enfance, Latonia et Toni apercevaient souvent le marquis quand il chassait, et elles brûlaient d'envie de faire sa connaissance. Plus âgé qu'elles, c'était un très beau garçon et un excellent cavalier. Cependant, comme le pensait Latonia, il était plus facile de trouver un homme sur la lune que d'approcher le marquis de Seaton.

Et voilà que Toni l'avait rencontré, et qu'elle en était tombée amoureuse! Latonia écoutait avec une attention passionnée le récit de sa cousine.

– J'ai fait sa connaissance le premier soir de mon arrivée à Londres. Nous assistions à une petite soirée musicale fort ennuyeuse. Je n'ai pas été surprise de le voir s'éclipser avant que nous ayons été présentés, mais j'étais bien décidée à le revoir tôt ou tard. J'ai essayé de savoir le nom de ses amis et quelles maisons il fréquentait.

– Cela n'a pas été trop difficile?

– Non, pas vraiment. Tout le monde bavarde sur les uns et les autres. J'ai découvert que le marquis avait une « affaire de cœur » avec une femme mariée très séduisante. (Prévoyant la réaction de Latonia, elle ajouta en riant :) Tous les hommes font la cour aux femmes mariées parce qu'ils sont tranquilles. Ils évitent les jeunes filles car ils ont trop peur de se faire piéger. (Toni laissa échapper un petit gloussement satisfait.) Cela m'a beaucoup changée. Pour une fois, c'était moi le chasseur et non le gibier.

– Je comprends! s'exclama Latonia. Tu es si belle! Encore plus belle qu'avant ton départ pour Londres.

C'était la vérité. Sa cousine n'avait jamais été aussi séduisante. Etait-ce dû à son assurance nouvelle? Peut-être aussi à sa robe de grand couturier qui ajoutait à son charme.

– Continue avec le marquis, insista Latonia.

– Il m'a fallu plus d'un mois pour arriver à mes fins, et quand j'ai réussi à lui être présentée, j'étais bien décidée à mettre tout en œuvre pour qu'il tombe amoureux de moi. Je voulais faire payer à ce duc prétentieux toutes ces années pendant lesquelles il ne nous a jamais invitées à Hampton Towers.

– Oh, moi, j'avais peu de chances de connaître cette maison!

– Eh bien, à l'avenir, tu seras chez toi au château, car j'ai l'intention de devenir marquise de Seaton.

Latonia s'écria :

– Que va dire le duc de tout cela?

– Il n'aura plus qu'à tirer un trait sur ses disputes avec papa et à oublier ses idées de grandeur. Son fils n'épousera pas une princesse.

– Une princesse?

– Enfin, Latonia! Qui d'autre au monde serait digne de se marier avec le fils du tout-puissant duc de Hampton? (Elle se mit à rire en levant les bras d'un air ravi.) Oh, ma chérie, ma chérie, c'est tellement drôle! Je voulais séduire Ivan et j'ai réussi. Mais en voulant le rendre amoureux de moi, je me suis aussi laissé prendre.

– Tu l'aimes vraiment?

– Je l'adore. Tu ne peux savoir comme il est merveilleux. (Toni soupira de bonheur.) C'est comme un conte de fées. J'aime Ivan, il m'aime et tout sera parfait lorsque le duc aura donné son consentement.

– Tu crois qu'il acceptera?

– Il acceptera... ou il mourra. De toute façon, je serai la femme d'Ivan.

– Comment cela, il mourra?

– Le duc est très malade, expliqua Toni. Je crois qu'il a quelque chose au cœur, comme papa. C'est pour cette raison qu'Ivan voudrait attendre un peu avant d'annoncer à son père son intention de m'épouser.

– Et si le duc refuse?

– C'est là le hic. Ivan redoute un affrontement qui pourrait lui être fatal.

– Alors, il ne faut pas brusquer les choses.

– J'ai bien prévenu Ivan que ma patience a des limites, et il est aussi pressé que moi. Nous avons tellement envie d'être l'un à l'autre que nous n'attendrons pas longtemps.

– Tu penses vraiment que le duc cédera?

– Il sera bien obligé, répliqua Toni, avec une note dure dans la voix. Rien ni personne ne me fera renoncer à Ivan, et je sais qu'il éprouve les mêmes sentiments à mon égard. D'ailleurs, c'est un juste retour des choses.

– Ainsi, tu seras sans doute un jour duchesse de Hampton!

– Exactement, et j'aurai grand plaisir à recevoir à Hampton Towers toutes les personnes qui en ont été exclues pendant des années par ce couple abominablement snob.

– Toni, tu ne dois pas parler ainsi de tes futurs beaux-parents!

– Pourquoi pas? Ce n'est pas eux que j'épouse. Je me marie avec mon cher Ivan, qui n'a rien de commun avec ces gens-là. Il est chaleureux, aimant et il est fou de moi. Je t'assure, Latonia.

– Cela ne me surprend pas, répondit Latonia, frappée par la beauté de sa cousine.

– Nous allons être follement heureux, et je vais te dire une chose qui va t'amuser : Ivan apprécie beaucoup ma fortune.

Latonia haussa les sourcils :

– Comment? Le duc n'est pas aussi riche que nous le pensions?

– Mais non! Ivan est persuadé que son père n'a pas su mener ses affaires et qu'il a dépensé beaucoup d'argent avec son goût du faste et son besoin d'écraser tout le monde. Ivan m'a raconté qu'il y avait en permanence douze valets de pied à Hampton Towers.

– Douze! s'écria Latonia.

– ... et le duc voyage avec un équipage de six chevaux au lieu de quatre.

Après un silence, Latonia reprit :

– Sa Grâce a-t-elle déjà choisi la princesse destinée à son fils?

– Naturellement, et Ivan prétend même qu'il n'en a pas choisi une mais plusieurs, qui sont, pour la plupart issues de familles princières allemandes, toutes de sang royal.

Latonia se tut. Bien sûr, les Branscombe représentaient une vieille famille fort respectable. Le nouveau lord Branscombe était le quatrième baron, mais ils ne pouvaient se comparer au duc de Hampton, dont les ancêtres étaient apparentés à diverses familles royales d'Europe.

Toni la regarda en riant :

– Je sais à quoi tu penses! Mais tu n'as pas besoin de t'inquiéter pour moi. Ivan m'aime et le duc, pas plus que toutes les princesses du monde, ne pourra empêcher notre union.

– Oh, je suis si contente, ma chérie! s'exclama Latonia avec chaleur. Non seulement tu vas être duchesse, mais surtout tu es heureuse comme l'étaient papa et maman. Rien ne comptait pour eux en dehors de leur amour et j'ai souvent prié pour que nous trouvions, toi et moi, un aussi grand bonheur.

– En ce qui me concerne c'est chose faite, déclara Toni, et quand tu connaîtras Ivan, tu comprendras pourquoi cet homme a fait battre mon cœur. Il est le seul être avec qui j'aie envie de passer le reste de ma vie.

Tout en galopant en direction du château, Latonia se demandait, avec un peu d'appréhension, si la lettre de sa cousine avait un rapport avec le marquis.

« Sûrement, pensa-t-elle. Mais qu'a-t-il pu arriver? »

Elle ne l'avait pas encore rencontré, mais les billets, les fleurs et autres cadeaux qui arrivaient chaque jour prouvaient qu'il était très épris de Toni.

Ils s'arrangeaient pour se voir le plus souvent possible, en secret, afin que le duc ne se doutât de rien. Les domaines d'Hampton et de Branscombe étant voisins, il y avait de nombreux bosquets, et les jeunes gens pouvaient se dissimuler avec leurs chevaux parmi les arbres. Ils retournaient chez eux par des chemins différents et personne n'aurait pu concevoir le moindre soupçon.

– Es-tu certaine que ton palefrenier ne trouve pas étrange de te voir partir seule? avait demandé Latonia à Toni.

– Je l'ai toujours fait, tu le sais bien, sauf quand j'étais avec toi. Il est habitué. Une ou deux fois, je lui ai dit que nous allions nous promener toutes les deux.

– Fais attention... N'invente pas d'histoires! Cela pourrait te retomber sur le nez. Il doit savoir que je n'ai pas de bons chevaux de selle.

– Pourquoi ne m'en as-tu pas parlé? Je vais t'en faire envoyer deux immédiatement.

Latonia avait paru embarrassée.

– Ce n'est pas ce que... je voulais dire.

– Allons, allons, cela me fait plaisir. Nous avons toujours tout partagé, et dès que ce sera possible, je veux que tu viennes vivre avec moi.

– Je ne demande pas mieux, mais Mlle Waddeson

a été si gentille en acceptant d'habiter au manoir après ton départ pour Londres que je ne peux décemment pas la renvoyer.

– Il n'en est pas question! Voilà ce que nous allons faire : dès que cousine Alice, qui m'ennuie à mourir entre parenthèses, ne sera plus là pour me servir de chaperon – elle va me rendre folle avec son bavardage – tu viendras au château avec Mlle Waddeson.

– Ce serait merveilleux!

– Cela facilitera grandement les choses, avait déclaré Toni d'un air ravi. Avec un peu de chance, tu pourras t'installer la semaine prochaine ou au début de la suivante.

Latonia attendait donc avec impatience d'être auprès de sa chère Toni et elle aurait été terriblement déçue que la lettre de sa cousine l'obligeât à modifier leurs projets.

La jeune fille aperçut tout à coup le château devant elle et pensa que ce serait amusant de se retrouver dans la grande maison qu'elle avait tant aimée lorsqu'elle était enfant.

Elle allait revoir tous les endroits où elle jouait à cache-cache avec Toni, et les nurseries qui leur paraissaient aussi grandes que le château lui-même. On y trouvait tous les jeux et toutes les poupées dont pouvaient rêver deux petites filles.

Puis elle comprit brusquement, pour la première fois, que le château n'appartenait plus à Toni, mais à son oncle. C'était la propriété de famille des Branscombe, par conséquent Kenrick Combe s'y installerait certainement dès son retour des Indes. Latonia ne le connaissait pas; et elle se dit qu'elle n'y serait plus reçue à bras ouverts comme cela avait été le cas jusqu'à présent.

Elle s'était toujours sentie chez elle dans cette

maison. Et tout à coup, le ciel s'obscurcissait. Après le mariage de Toni et l'arrivée du nouveau lord Branscombe, elle serait certainement considérée comme une étrangère, une étrangère qui devrait sonner et attendre que l'on voulût bien lui ouvrir.

Cependant, Latonia était bien décidée à jouir de sa situation privilégiée aussi longtemps que possible. Elle mit pied à terre devant la porte d'entrée, remit son cheval à un palefrenier et monta quatre à quatre les marches du perron.

Il n'y avait personne dans le hall, à l'exception d'un valet de pied occupé à ramasser des papiers que le vent avait éparpillés.

– Bonjour, Henry, dit Latonia en passant près de lui.

Il jeta un coup d'œil à la jeune fille et sourit :

– Bonjour, mademoiselle Latonia.

– Où est mademoiselle Toni?

– Là-haut, dans sa chambre. Elle vous attend avec impatience.

Bien entendu, il ne se donna pas la peine de lui montrer le chemin : il n'avait pas achevé sa phrase que Latonia grimpait déjà l'escalier.

Elle traversa en courant le vaste palier et se précipita dans la grande chambre que Toni occupait depuis qu'elle était jeune fille. Jadis, Toni et Latonia, quand elle était à Branscombe, dormaient au second étage.

Latonia entra sans frapper. Toni était assise près de la fenêtre et regardait vaguement dans le jardin. Elle poussa un petit cri et se leva brusquement :

– Te voilà! Oh, grâce à Dieu, Latonia, tu es là!

Elle se précipita sur sa cousine et la serra contre elle. Lorsque, petites filles, elles avaient de la peine, elles se blottissaient l'une contre l'autre et se consolaient ainsi.

– Je suis venue dès que j'ai reçu ton billet, dit Latonia. Qu'y a-t-il?

– J'ai à peine la force de te le raconter, répondit Toni d'une voix sourde qui effraya Latonia.

– Tu as l'air bouleversée... vraiment bouleversée, fit Latonia intriguée. Que s'est-il passé? Parle... Ce n'est pas le marquis au moins?

– Non, non, bien sûr que non, répliqua vivement Toni.

Latonia se sentit soulagée.

– J'avais tellement peur qu'il soit arrivé... quelque chose et que le marquis ne veuille plus t'épouser.

– Non, cela n'a rien à voir et Ivan ne sait rien.

– Alors, qu'est-ce donc?

Après un silence, Toni lança d'une voix étranglée :

– C'est... oncle Kenrick! Il est revenu en Angleterre et il veut me voir.

Latonia s'écarta de Toni et la regarda d'un air étonné.

– Je... je ne comprends pas. Pourquoi cela te met-il dans un pareil état?

Toni soupira.

– Je vais t'expliquer. Allons nous asseoir près de la fenêtre.

Les deux jeunes filles se dirigèrent vers le sofa situé dans l'embrasure de la fenêtre; à la lumière, Latonia s'aperçut que les yeux de Toni étaient sombres et emplis d'anxiété.

Elle prit la main de sa cousine.

– Allons chérie, pourquoi es-tu si ennuyée? Il n'y a rien là de bien inquiétant.

– C'est que j'ai peur que cela ne le devienne, rétorqua Toni.

– Raconte..., supplia Latonia.

Toni soupira de nouveau et commença :

– C'est arrivé, il y a quatre mois...
– Quoi? Qu'est-il arrivé?
– Il s'agit d'un jeune homme que j'ai rencontré à Londres pendant mon séjour.
– Qui est-ce?
– Il s'appelle Andrew Luddington. Il revenait des Indes et il était en permission.

En entendant parler des Indes, Latonia se rappela douloureusement la mort de ses parents. Elle ne dit rien et sa cousine poursuivit :

– C'est un assez beau garçon. Il dansait bien et, au début, je l'ai trouvé amusant.
– Ce qui veut dire que tu as flirté avec lui, coupa Latonia.
– Naturellement, répondit Toni d'un air de défi. Je flirte avec tout le monde, mais ce n'est pas pour ça que j'étais amoureuse de lui!
– Non... non, bien sûr que non.
– Il est devenu de plus en plus pressant. En fait, comme je te l'ai dit, il m'ennuyait. Il me suivait partout, il m'écrivait trois ou quatre fois par jour et me demandait sans cesse de l'épouser. Il me faisait des déclarations tellement passionnées et tellement folles qu'au bout d'un certain temps, je me suis sentie gênée.

Latonia se taisait toujours. Elle savait que sa cousine avait produit le même effet sur bon nombre d'hommes. Ils semblaient tous perdre leur sang-froid dès qu'ils s'approchaient d'elle, et plusieurs petits incidents prouvaient que les charmes de Toni les troublaient jusqu'à la folie.

– Continue, ordonna Latonia.
– C'était devenu insupportable et, finalement, je lui ai dit que je ne voulais plus le revoir.

Malgré le silence qui suivit, Latonia sentait que l'histoire n'était pas terminée. Elle demanda :

– Et alors?

– Alors? Il a tenté de se suicider!

– Q... Quoi!

– ... Avec son revolver, mais il n'a pas réussi. Peut-être était-il trop ému ou trop énervé, je ne sais pas. En tout cas, la balle n'a pas atteint le cœur comme il le souhaitait. Il s'en est sorti.

– Qu'as-tu fait?

– Que voulais-tu que je fasse? J'ai été désolée, franchement désolée, mais ce n'était pas entièrement ma faute.

Après un autre silence, Latonia reprit :

– C'est arrivé il y a quelques mois, dis-tu? Alors, comment se fait-il que cette affaire revienne sur le tapis maintenant?

– Parce que la mère d'Andrew s'est plainte à oncle Kenrick.

– Et il est en colère?

– Très en colère, j'imagine.

– C'est pour cette raison qu'il veut te voir?

Toni, ne pouvant se contenir davantage, éclata :

– Il dit qu'il va m'emmener aux Indes avec lui! Que je me suis affreusement mal conduite et que, manifestement, mon chaperon ne m'a pas surveillée.

– Tu dois lui expliquer, commença Latonia.

– Et tu t'imagines peut-être qu'il m'écoutera? Non, il ne voudra pas entendre mes explications. Il ordonne, un point c'est tout.

Elle prit la lettre posée à côté d'elle sur le sofa et la tendit à Latonia.

– Sauve-moi, Latonia, fit-elle d'une voix implorante. Il faut que tu me sauves! Je ne peux pas aller aux Indes avec oncle Kenrick en ce moment. Si je pars, je perds Ivan.

La façon dont elle parlait confirma les craintes de

Latonia : apparemment le marquis n'était pas encore décidé à épouser Toni et restait légèrement évasif. Si ce mariage devait aggraver l'état de son père, sans doute y renoncerait-il. Toni ne lui avait rien dit qui pût justifier cette pensée. C'était seulement une impression, une légère tension que Latonia percevait parce qu'elle connaissait bien sa cousine et qu'elles étaient comme des sœurs jumelles.

Elle était certaine que Toni ne mentait pas lorsqu'elle affirmait ne pas pouvoir quitter le marquis à ce moment crucial de leur aventure amoureuse.

Lentement, comme pour s'efforcer de cerner clairement la situation, Latonia lissa doucement les feuillets que Toni avait chiffonnés dans son émotion et se mit à lire :

Ma chère nièce,

J'ai été extrêmement choqué par une lettre que j'ai reçue de lady Luddington à propos de son fils Andrew, et aussi par d'autres bruits provenant d'amis et de relations, et qui concernent votre conduite à Londres. Apparemment, votre cousine Alice ne vous a pas assez surveillée, du moins pas aussi strictement que votre père l'eût souhaité.

J'ai donc l'intention de vous emmener avec moi aux Indes où je dois retourner dans quatre jours, car je pense que, dans notre intérêt mutuel, il serait bon que nous fassions plus ample connaissance.

Malheureusement, il m'est impossible de me rendre au château, et je vous demande de me rejoindre à notre maison de famille de Curzon Street au plus tard mercredi prochain.

*Nous partirons pour Tilbury le lendemain. Je vous précise que j'ai déjà retenu votre passage et le mien sur l'*Odessa.

J'ai, en votre nom, exprimé mes plus profonds

regrets à lady Luddington et mon grand soulagement de savoir que son fils était vivant et en bonne voie de guérison.

Il est heureux que cette lamentable affaire qui entache l'honneur de notre famille ne se soit pas ébruitée et qu'aucun article n'ait paru dans la presse à ce sujet.

Veuillez me faire savoir l'heure de votre arrivée à la gare de King Cross afin que je vous envoie une voiture.

Bien à vous,

Branscombe.

P.S. Au cas où vous l'ignoreriez encore, je suis maintenant, depuis la mort de votre père, votre unique tuteur.

Latonia acheva la lettre et leva les yeux :

– Oh! Toni, il faut que tu y ailles, ma chérie. Comme il le dit, et comme je le pensais en arrivant ici, c'est ton tuteur.

– Je n'irai pas! Je refuse! s'écria Toni d'une voix agressive que Latonia connaissait bien.

– Tu n'as pas le choix. Après tout, c'est lui qui gère ta fortune. Il peut te couper complètement les vivres si tu ne lui obéis pas.

– Je déteste oncle Kenrick! Je l'ai toujours détesté! Et je crois que papa ne l'aimait pas beaucoup non plus.

– Pourquoi dis-tu cela?

– Oncle Kenrick était tellement intelligent que papa se sentait stupide à côté de lui. Et, comme tout le monde le couvrait de louanges, il était bien normal que papa trouvât injustes toutes les attentions prodiguées à son jeune frère.

Latonia se rappelait que lord Branscombe était très conscient de sa propre importance. Elle comprenait aisément qu'il eût pu être froissé de l'intérêt que les gens portaient à Kenrick Combe, intérêt d'ailleurs parfaitement justifié.

– Il succombera à ton charme, fit Latonia d'une voix consolante. Tu fais toujours ce que tu veux des hommes, Toni, et je ne pense pas que ton oncle fera exception.

– Avec oncle Kenrick, c'est tout différent, répliqua Toni. Ce n'est pas un homme, c'est un parent, et les parents sont toujours odieux, tu le sais bien.

– Sauf en ce qui nous concerne, dit Latonia en souriant.

– Bien sûr, acquiesça Toni. Tu n'es pas ma cousine. Tu es une partie de moi-même comme je suis une partie de toi. (Elle marqua une pause avant d'ajouter :) Tu as de la chance. Tu n'as pas de cousins Branscombe, seulement une sympathique, une charmante famille du côté maternel, tout aussi adorable que l'était ta mère. (Elle se leva et traversa la pièce :) Je ne veux pas aller aux Indes! Non, et non, je ne veux pas, et tu ne pourras pas m'y forcer.

– Je ne t'ai encore rien dit, protesta Latonia, si ce n'est que tu dois obéir à ton oncle.

– Si je pars, je vais perdre Ivan. Mon instinct ne me trompe jamais! Son père va l'entortiller et le convaincre que je ne suis pas la femme qui lui convient. Comme il l'a toujours écouté, il va se retrouver à l'église au côté d'une horrible princesse allemande avant qu'il ait eu le temps de comprendre ce qui lui arrive.

– Il est aussi faible que ça?

– Je crois, en effet. Il ne s'en rend pas compte, mais, depuis son enfance, il a été élevé dans l'idée que seuls comptent les gens qui font la révérence et le grand apparat. (Elle eut un petit geste agacé avant de continuer:) Je lui ai pourtant souvent répété que l'existence pouvait être beaucoup plus amusante et que nous étions des êtres humains et non des marionnettes dont on tire les ficelles.

– Et tu penses que, si tu n'es plus là, il finira par oublier qu'il t'aime?

– Il m'aimera toujours, mais il pensera que son devoir est d'obéir à son père et il deviendra un épouvantable prétentieux qui passera son temps à papillonner à la cour.

Elle avait parlé d'une manière si péremptoire que Latonia ne doutait pas que les choses se passeraient ainsi.

La jeune fille contempla le ravissant visage de sa cousine, empourpré par l'émotion et demanda:

– Que peux-tu faire?

– Je sais très bien ce que je peux faire, ou plutôt ce que toi tu peux faire pour moi.

Elle lança un regard à Latonia. Sa voix sembla résonner à travers la chambre lorsqu'enfin elle déclara:

– Latonia, tu iras aux Indes avec oncle Kenrick.

2

Latonia fixa Toni d'un air ébahi avant de murmurer :

– Tu plaisantes?

– Non, je suis très sérieuse. Tu vois bien qu'il n'y a pas d'autre solution.

– Mais... comment... c'est impossible!

– En y réfléchissant, coupa Toni, c'est très simple. La dernière fois que j'ai vu oncle Kenrick, j'avais dix ans.

– Mais il se souvient de toi.

– Nous nous ressemblons beaucoup toutes les deux, répliqua Toni.

C'était vrai. Les jeunes filles, toutes deux de même taille, étaient blondes avec des yeux d'un bleu profond. Cependant, Toni avait un petit visage espiègle, alors que la beauté de Latonia était plus délicate, plus éthérée. En outre, n'ayant jamais été mêlée, comme sa cousine, au milieu artificiel de Londres, Latonia restait très innocente. Il y avait quelque chose de candide dans son regard et dans la douceur de ses lèvres qui ne connaissaient pas le baiser.

Malgré cela, il existait entre Toni et Latonia une ressemblance indéniable.

– Non, non, c'est impossible, répéta Latonia. Suppose que ton oncle découvre la vérité? Imagine sa colère!

– Il sera peut-être furieux, mais vous serez aux Indes ou au moins en route, et moi je serai auprès d'Ivan. De toute façon, le vieux duc n'en a plus pour longtemps. C'est une question de mois, peut-être de semaines.

Latonia ne répondit pas : elle trouvait choquant que Toni pût souhaiter la mort de quelqu'un, même s'agissant de ce duc qui ne les avait jamais invitées aux réceptions données en l'honneur du marquis.

– Si tu pars pour les Indes, comme le souhaite ton oncle, je suis sûre que, lorsque son père se sentira mieux, Ivan ira te rejoindre.

– Et s'il ne le fait pas? demanda Toni d'une voix sourde.

– Il t'aime?

– En ce moment, oui, mais tu n'as pas idée de la pression que l'on a toujours exercée sur lui pour qu'il n'oublie jamais son rang. Ce rappel continuel de sa position sociale a d'ailleurs été exagéré par le duc qui se voudrait supérieur au roi.

Latonia joignit les mains :

– Tu me demandes sérieusement de partir avec ton tuteur... à ta place?

– Je ne te le demande pas, Latonia, je t'en prie à deux genoux. Il faut que je reste ici avec Ivan, que j'entretienne son amour pour moi de sorte que, si son père, sur son lit de mort, tente de le persuader d'épouser la princesse, il refuse.

Latonia se dit qu'en effet, c'était bien le genre de promesse que le duc tenterait avec obstination d'arracher à son héritier.

Ce serait sans doute difficile, particulièrement pour un fils unique, de ne pas céder au dernier vœu d'un mourant. L'appréhension de Toni était parfaitement compréhensible. Cependant, au plus profond d'elle-même, Latonia avait conscience qu'une telle entreprise eût horrifié ses parents.

– Je veux bien t'aider, Toni, et tu sais que je t'aime plus que tout au monde, mais de là à me faire passer pour toi... C'est trop grave! Je ne peux m'y résoudre.

– Mais enfin, pourquoi? Nous sommes tellement proches l'une de l'autre... Tu agiras exactement comme moi dans n'importe quelle circonstance. (Toni marqua une pause, puis reprit avec une lueur malicieuse dans les yeux :) D'ailleurs ce sera très bon pour toi. Il faut que tu commences à essayer ton charme sur les jeunes gens, et comme tu n'as jamais été aussi jolie, je suis sûre qu'ils vont tous tomber amoureux fous.

Latonia regarda sa cousine d'un air scandalisé.

– Comment peux-tu dire des choses pareilles? Et qu'en penserait ton oncle! S'il t'emmène avec lui, c'est justement parce qu'il réprouve ta conduite.

– Ce genre d'attitude est tout à fait digne d'oncle Kenrick, fit remarquer Toni, méprisante.

– Mais papa et maman avaient été enchantés par les Indes. (Latonia s'interrompit brusquement et poussa un cri :) Oh, Toni! Ils ont sûrement parlé de moi et si, d'après ce qu'ils ont dit, ton oncle s'aperçoit que je ne suis pas sa nièce, mais leur fille, que se passera-t-il?

– Il n'y a aucune raison. Nous n'avons jamais été photographiées, n'est-ce pas?

– Non, bien sûr, acquiesça Latonia. Cette invention est encore trop récente et trop coûteuse pour être arrivée jusqu'au manoir.

– Alors tu peux être tout à fait tranquille. Si ta mère a fait ta description, c'est comme si elle avait fait la mienne. Seulement toi tu es la « bonne » et moi la « mauvaise ».

– Tu n'es pas mauvaise, chérie, simplement un peu imprévisible.

Toni se mit à rire.

– Je crois qu'oncle Kenrick sera agréablement surpris lorsqu'il te verra, ou alors il pensera que son coup de semonce a porté. (Elle passa son bras autour des épaules de Latonia.) Ma chérie, je savais que tu me sauverais... Et maintenant, il faut s'organiser très rapidement car, s'il faut que tu sois à Londres mardi, il n'y a pas une minute à perdre.

Latonia paraissait encore hésiter, et Toni enchaîna :

– Avant tout, il faut faire croire absolument au personnel que je suis aux Indes avec mon oncle.

– Mais s'ils te croient partie, où vas-tu habiter?

– Ne sois pas stupide. Etant donné que je vais être toi et que tu vas être moi, j'irai au manoir. Il n'y aura que notre vieille Waddy dans le secret. Tu sais fort bien qu'elle ne me trahira pas.

En effet, Toni ne se trompait pas. Quand Mlle Waddeson était leur gouvernante, Toni avait toujours été sa préférée, et ce n'était pas uniquement parce qu'elle était employée par lady Branscombe. Elle gardait pour elle les bêtises de Toni et, quand ses parents se fâchaient, Mlle Waddeson s'arrangeait toujours pour lui trouver des excuses et les calmer.

– Tu as vraiment l'intention de t'installer au manoir?

– Bien sûr! Ce sera tellement excitant de retrouver Ivan là-bas.

– Dans... la maison?

– Naturellement! J'en ai assez de ces jeux de cache-cache derrière les arbres qui vous dégoulinent dessus quand il a plu. Il pourra passer par le jardin, et personne ne le saura, à part Waddy qui sera bien trop heureuse d'aller se coucher de bonne heure.

– Et si le duc l'apprend? Il sera terriblement choqué à l'idée que tu reçois un homme toute seule, sans chaperon.

– Personne ne saura rien, répéta résolument Toni. Ce sera beaucoup plus prudent que nos rendez-vous dans les bois. L'autre jour, nous avons failli être surpris par des bûcherons du duc qui passaient par là.

Latonia serra ses mains l'une contre l'autre.

– Fais attention. Les gens sont bavards, Toni. Le duc pourrait interdire au marquis de te revoir une fois pour toutes.

– Ivan ne lui obéirait pas, mais il serait très ennuyé car il aime beaucoup son père, et je ne veux pas lui créer d'ennuis.

– Je te comprends, fit Latonia. Maman disait toujours que, lorsqu'on aime quelqu'un, il faut le protéger contre tout ce qui peut être mauvais ou désagréable.

– C'est pour cela que tu vas me protéger contre l'oncle Kenrick, déclara Toni d'un air triomphant.

Latonia aurait pu opposer une plus grande résistance, et même refuser carrément de faire ce que lui demandait Toni. Mais elle aimait sa cousine et ne voulait pas qu'elle risquât de perdre le marquis. Toni avait raison quand elle affirmait que l'on influencerait le jeune homme. On le contraindrait à épouser la femme que le duc jugeait digne pour son fils unique, et ce ne serait certainement pas la fille de son vieil ennemi lord Branscombe.

« Rien ne compte en dehors du bonheur de Toni, pensa Latonia, et je dois me faire passer pour elle jusqu'à son mariage. Même si son oncle est furieux, il sera trop tard pour tenter de briser cette union. »

Mais elle se sentait très effrayée, non seulement de jouer un rôle dont elle avait honte, mais aussi de partir à l'aventure dans un monde dont elle ignorait tout.

Ses parents n'avaient jamais eu la possibilité de voyager, par manque d'argent. Son père avait déclaré, à leur départ pour les Indes, que c'était une seconde lune de miel et les premières vacances qu'ils prenaient depuis leur mariage.

Lord Branscombe avait pris tous les frais à sa charge et le père de Latonia avait dit en plaisantant que cette « prime » supplémentaire, à laquelle ils ne s'attendaient pas, les avait agréablement surpris. « Et pourtant, se dit tristement Latonia, s'ils étaient restés en Angleterre, ils seraient encore en vie aujourd'hui. » Ses yeux s'emplirent de larmes à cette pensée et elle la repoussa résolument.

Pour l'instant, seul comptait l'avenir de sa cousine. Comme Latonia, Toni était seule au monde et on ne pouvait rien lui souhaiter de mieux que de vivre avec quelqu'un qui l'aimerait et la protégerait. Latonia était bien placée pour savoir que l'espièglerie de Toni et les multiples sottises qu'elle commettait provenaient d'un manque d'amour et de l'atmosphère froide et guindée qui régnait chez ses parents. En arrivant au château de Branscombe, on se sentait oppressé et contraint. Lorsque Toni avait pris conscience de l'attirance qu'elle exerçait sur les jeunes gens du voisinage, elle avait trouvé cela très excitant car leurs hommages apportaient enfin une note de nouveauté dans son existence sans chaleur.

– Je ne sais pas ce que Toni ferait sans toi, ma

chérie, disait souvent la mère de Latonia. Elle est riche, elle a une belle maison, et pourtant, quand nous quittons Branscombe, j'ai toujours l'impression de quitter une fillette terriblement solitaire.

En se rappelant les paroles de sa mère, Latonia revit une petite Toni perdue dans le vaste hall, écrasée par les hauts plafonds et les portraits de ses ancêtres. Il semblait alors qu'une fée l'avait posée là par erreur, alors que sa place était parmi les fleurs dans le jardin, avec le vent faisant frémir les arbres du parc.

Son instinct protecteur ne pouvait que lui faire souhaiter le bonheur de Toni, et si ce bonheur était de vivre avec le marquis, elle ferait tout pour l'y aider, même si elle devait se sacrifier.

Néanmoins la solution de Toni restait difficile à accepter.

– Tu prendras ma place au manoir, c'est entendu, dit-elle doucement. Mais qu'arrivera-t-il si des gens viennent me voir?

– J'espère que Waddy sera assez intelligente pour leur dire que je suis au lit avec un bon rhume et, d'ailleurs, d'après ce que tu m'as raconté, tu ne reçois pas beaucoup de visites.

– C'est vrai, concéda Latonia, pas depuis la mort de papa et maman.

– Moi, je ne désire qu'un seul visiteur au monde, s'écria Toni avec un sourire qui illumina son visage, et ce sera merveilleux de m'installer avec Ivan dans le petit salon de ta mère, sans que personne ne nous dérange.

– Oh, Toni, Toni, je suis certaine que ce n'est pas bien.

– C'est un rêve délicieux, répliqua Toni, et je te le répète, ce sera bon pour toi de découvrir le monde, même si oncle Kenrick te fait grise mine. Penses-y, tu es non seulement ravissante mais, en plus, tout le monde va te prendre pour une riche héritière, ce qui, auprès des hommes, est une excellente introduction.

Latonia l'interrompit :

– Si je dois être... jolie, fit-elle d'une voix hésitante, il faudra que tu me prêtes quelques toilettes.

– Tu prendras tout ce que j'ai, répondit fermement Toni, et surtout les belles robes que je viens d'acheter à Londres.

– Mais... comment? Que vas-tu mettre?

Toni eut un rire espiègle.

– Mon trousseau, pardi! Je l'ai déjà commandé. Il va coûter un argent fou.

– Mais... si ton oncle t'interdit d'épouser le marquis? Il en a le droit puisqu'il est ton tuteur.

– Ce sera trop tard, trancha Toni d'une voix enjouée. Je serai mariée et, avant qu'il ne revienne en Angleterre, j'aurai peut-être déjà un bébé.

Latonia poussa une exclamation horrifiée.

– Toni!

Sa cousine se mit à rire.

– Ne sois pas si prude, chérie. La plupart des gens ont des enfants après leur mariage et Ivan désire sûrement un héritier.

– Tu ne devrais pas... parler ainsi, dit Latonia.

Toni rit de plus belle.

– Je suis réaliste alors que, toi, tu as toujours été dans les nuages. Tu crois encore que les bébés se trouvent dans les choux? Redescends un peu sur terre.

Latonia rougit et reprit avec vivacité :

– Bien. Voyons comment nous allons nous tirer de cette comédie absurde et dangereuse sans que personne ne soupçonne que tu es moi et que je suis toi.

– C'est une question d'intelligence. J'annoncerai aux domestiques que je dois partir pour les Indes avec oncle Kenrick. Tu viendras m'aider à choisir ce que je dois emporter et, devant ma femme de chambre, je dirai que j'ai un tas de robes dont je ne veux plus.

Latonia la regarda, d'un air interrogateur. Toni ajouta aussitôt :

– Ne sois pas idiote, Latonia. Il faudra bien que je m'habille au manoir. Je tiens à être élégante pour Ivan.

– Mais naturellement, renchérit Latonia. C'est pourquoi il ne faut pas me donner trop de vêtements.

– Les domestiques du château et oncle Kenrick ne seront pas surpris de me voir partir avec une énorme garde-robe. Je suis sûre que tout le monde, aux Indes, s'attend à ce que la nièce de Kenrick Combe soit habillée à la dernière mode.

– Tout devient de plus en plus compliqué, soupira Latonia, l'air malheureux.

– Laisse-moi faire, décida Toni. Tu n'as qu'à me faire confiance et tout ira bien.

– Et quand allons-nous changer de personnage ?

– J'étais justement en train d'y penser. Je crois que le mieux serait que j'aille à Londres en voiture. Tu m'accompagneras pour me dire au revoir, et nous laisserons ici cette assommante Mme Skeffington.

Mme Skeffington était le chaperon que la cousine Alice avait envoyé à Branscombe pour veiller sur Toni. C'était une femme d'un certain âge, veuve d'un officier tué en Egypte et Latonia comprenait aisément pourquoi Toni la trouvait ennuyeuse. Son seul intérêt dans la vie était de bavarder sur les gens qu'elle jugeait socialement importants, et comme elle adorait s'entendre parler, elle écoutait rarement ce que disaient les autres. Elle avait été enchantée de la vie luxueuse de Branscombe, et espérant bien y rester indéfiniment, elle flattait Toni si outrageusement que cela en devenait gênant.

– Attends une minute, s'écria brusquement Toni. J'ai une idée!

– Laquelle?

– Tu sais combien Mme Skeffington aime être ici. Bon, alors je ne lui dirai pas ni à personne, d'ailleurs, que je m'en vais. (Latonia écarquilla les yeux et Toni poursuivit :) Ce sera beaucoup plus sûr. Je vais seulement raconter qu'oncle Kenrick veut me voir et que je dois me rendre à Londres pendant quelques jours avant son départ. Je demanderai à Mme Skeffington de rester au château et je suis certaine qu'elle acceptera avec le plus grand plaisir. Quand tu seras à Londres, tu lui posteras une lettre où j'expliquerai que je suis partie pour les Indes et que je n'ai plus besoin de ses services.

– Tu crois qu'elle te laissera aller à Londres seule avec moi?

– Elle fera ce que je voudrai. Quand nous arriverons, nous n'irons pas directement à Curzon Street où nous attend oncle Kenrick, mais nous nous ferons conduire ailleurs.

– Où ça?

– Dans un hôtel. Nous attendrons un peu, puis nous dirons au cocher que nous devons retrouver oncle Kenrick quelque part et qu'il peut retourner à la maison.

Latonia réfléchit un instant, puis demanda :

– Je ne vois pas pourquoi il se douterait de quelque chose, mais toi, que feras-tu?

– Je rentrerai en chaise de poste. Cela ne me fait pas peur : je l'ai déjà fait souvent pour retrouver Ivan sans que cousine Alice s'en doute.

– Je suppose que je devrais te gronder, fit Latonia.

– Ne perds pas ta salive. Quant à toi, tu loueras une voiture qui t'amènera avec tes bagages à Curzon Street.

– Mais ton oncle va s'étonner de me voir arriver dans un pareil équipage.

– Tu as une explication toute trouvée. Dis-lui qu'un cheval a perdu un fer en arrivant à Londres et qu'au lieu de partir à la recherche d'un forgeron, tu as eu la bonne idée de louer un fiacre pour ne pas le faire attendre.

Latonia leva les bras :

– Des mensonges, encore des mensonges! Toni, je ne pourrai jamais convaincre les gens comme tu le fais! Ton oncle me soupçonnera à la première minute où il me verra.

– Pas du tout, répliqua Toni. Cesse donc de te faire du souci, Latonia. C'est une belle aventure pour toi comme pour moi. Si j'étais cartomancienne, je te prédirais que tu trouveras un homme charmant, fascinant, quelque part aux Indes, et que tu en tomberas amoureuse comme je le suis d'Ivan.

– Il y a peu de chances, répondit mélancoliquement Latonia. Il me prendra pour toi et sera très déçu quand il s'apercevra que je ne suis qu'une Cendrillon qui a emprunté sa robe pour aller au bal.

Toni éclata de rire.

– S'il t'aime, cela ne comptera pas pour lui. Bien

qu'Ivan soit enchanté de ma fortune, je suis persuadée qu'il m'aimerait même si je n'avais pas un sou – du moins, je l'espère.

Toni avait prononcé ces dernières paroles en hésitant, d'une voix où perçait une légère appréhension.

Latonia entoura les épaules de sa cousine.

– Tu as raison, chérie, je ferais n'importe quoi pour te rendre heureuse.

– Je savais bien que je pouvais compter sur toi, Latonia, et souviens-toi : personne, sauf nous, ne doit être au courant de la lettre d'oncle Kenrick.

Elle saisit les feuillets et les enferma à double tour dans un tiroir de son secrétaire.

– Maintenant, je vais annoncer à Mme Skeffington et aux autres que je suis terriblement ennuyée, mais que je dois me rendre à Londres pour voir mon tuteur. Et comme j'ignore combien de temps il lui plaira de me garder, j'emporte à tout hasard, de nombreuses toilettes.

– Je suppose... que nous... faisons bien? demanda Latonia, inquiète.

– Tout à fait bien, pourvu que je puisse rester là, auprès d'Ivan, pourvu que je le garde...

Trois jours plus tard, Latonia s'installait à côté de sa cousine dans une confortable berline. Elle devenait de plus en plus anxieuse et terrifiée à mesure que les kilomètres passaient. Elle se sentait déjà différente, habillée de l'une des plus belles robes de Toni avec une jaquette courte boutonnée de haut en bas. Une petite étole de zibeline nouée autour du cou la protégeait de la fraîcheur de ce soir de septembre.

Porter cette soie, bruissant au moindre mouvement, la changeait tellement de ses vêtements habituels que la jeune fille commençait à se prendre pour une créature de rêve. En voyant le nombre impressionnant de malles et de cartons à chapeaux que Toni avait jugé indispensables pour le voyage, Latonia s'imagina vivre un conte de fées; elle sut alors qu'il lui serait très désagréable de retrouver la réalité. Toutes les nuits, depuis qu'elle avait accepté le plan de Toni, elle s'était réveillée, obsédée par une foule de questions.

Qu'auraient dit ses parents d'un pareil projet? Ils avaient aimé Toni comme leur propre fille et ne pouvaient donc que souhaiter son bonheur. Et Latonia avait enfin fait la connaissance du marquis et avait acquis la conviction qu'il était le mari idéal pour Toni. Lorsqu'elle l'apercevait jadis à la chasse, elle le jugeait froid et dur comme son père. Mais elle avait accompagné Toni un jour, jusqu'à un petit bois qui séparait les deux propriétés, et les deux cousines avaient rejoint le marquis dans une clairière.

A la façon dont il regardait Toni, Latonia avait compris qu'il en était éperdument amoureux. Sa poignée de main était ferme, virile. Sans aucun doute, cet homme volontaire veillerait sur Toni.

– Toni m'a dit combien vous avez été gentille pour nous, avait-il déclaré d'une voix grave. Comment pourrais-je vous remercier et vous prouver ma reconnaissance?

– En rendant Toni heureuse, avait répondu Latonia.

– C'est bien mon intention, mais je suis persuadé que vous comprendrez qu'il m'est impossible de contrarier mon père, étant donné son état de santé.

Assis tous les trois sur une souche, dans la clairière, ils avaient parlé longtemps. Sur le chemin du retour, alors que le marquis prenait la direction opposée, Toni avait interrogé sa cousine avec anxiété :

– Alors, qu'en penses-tu?

– Je le trouve charmant. C'est exactement l'homme qu'il te faut, chérie.

Toni avait poussé un petit cri de joie.

– Je savais que tu me dirais cela, Latonia. Je l'aime, crois-moi; je serai une bonne épouse et même une excellente duchesse. Pas comme sa prétentieuse de mère.

– Ne dis pas des choses pareilles, avait répliqué Latonia sur un ton de reproche.

– Puisqu'elle est morte, je ne me permettrais pas d'en parler de cette façon devant Ivan, mais tu sais aussi bien que moi à quel point elle a été désagréable avec maman après la querelle de papa et du duc à propos des limites. Quand la reine est venue à Hampton Towers, la duchesse a délibérément rayé le nom de maman sur la liste des personnes qui devaient lui être présentées.

– Oublie tout cela. Tu vas faire de la peine à Ivan si tu remâches ces vieux griefs. Pense à l'avenir.

– J'y pense, puisque mon avenir est avec lui et que nous nous aimons.

Ces derniers mots avaient achevé de convaincre Latonia. A présent, sa décision était irrévocable : même si cela devait lui coûter très cher, elle ferait l'impossible pour faciliter ce mariage.

Cependant, en arrivant à Londres, lorsqu'elles s'arrêtèrent devant l'hôtel calme et luxueux où Toni avait retenu une chambre, la jeune fille sentit son cœur cogner à grands coups dans sa poitrine et ses lèvres devenir sèches.

Elles eurent à peine le temps de discuter. Comme Latonia le prévoyait, le marquis avait été horrifié à l'idée de savoir Toni courir seule la campagne dans une chaise de poste.

– Je vais louer une voiture jusqu'à l'endroit où m'attend Ivan, fit Toni. C'est un peu en dehors de Londres. Il aura un fiacre et personne ne vous verra rentrer ensemble au manoir. Dès maintenant, je deviens Mlle Latonia Hythe, et toi, tu es l'honorable Latonia Combe. Compris?

– Latonia?

– Oui, oncle Kenrick m'appelait toujours Latonia dans les lettres qu'il écrivait à mes parents, et je suis sûre que Toni lui paraîtrait trop frivole. Tu n'auras donc aucune peine à lui répondre quand il te parlera.

– Merci de me prévenir. As-tu autre chose à me dire, chérie, avant que nous ne nous séparions?

– Rien de plus, si ce n'est « merci » et « je t'aime de tout mon cœur », répondit Toni. Rappelle-toi aussi que je te télégraphierai dès que nous serons mariés pour que tu puisses revenir à la maison.

– J'y compte bien!

– Je le ferai très discrètement afin qu'aucun curieux n'ait vent de la nouvelle.

– Cela me paraît sage, en effet, car il faudra choisir le moment favorable pour dire la vérité à ton oncle.

Elle frissonna en imaginant cette tâche particulièrement délicate, puis s'écria impulsivement :

– Oh! Toni. Je t'en prie! Marie-toi vite! Si je dois me faire passer pour une autre, je vais m'enfoncer dans le mensonge et la simulation, et je n'ose même pas penser à la fureur de ton oncle quand il découvrira que je l'ai trompé.

– C'est contre moi qu'il sera en colère, fit Toni en la consolant, et comme je ne serai pas là pour l'entendre...

– Moi, j'y serai, murmura Latonia sans que sa cousine l'entendît.

Elles bavardèrent encore quelques minutes dans la chambre d'hôtel puis descendirent au rez-de-chaussée.

Toni, d'une voix autoritaire, ordonna aux porteurs de charger les bagages dans la voiture qui devait emmener Latonia à Branscombe House.

Les vêtements que Toni désirait garder pour elle avaient été apportés au manoir quelques jours auparavant. Ils étaient si jolis, si élégants, que Latonia les jugea déplacés dans sa garde-robe qui ne contenait que des toilettes très simples, bon marché, qu'elle s'était taillées elle-même avec l'aide de sa mère.

Beaucoup de choses aussi, dans la maison, lui faisaient honte, et l'exclamation enthousiaste de Toni l'avait réconfortée :

– J'aime tant ta petite maison! J'adorais venir ici quand j'étais enfant, et je sens que c'est là que nous devons être, avec Ivan, pour parler de notre amour.

– Je te souhaite, chérie, d'y être aussi heureuse que l'ont été papa et maman.

– J'ai toujours remarqué que leurs yeux brillaient comme des étoiles quand ils se parlaient. (Elle avait embrassé du regard le petit salon où elles se tenaient en ajoutant doucement :) Leur amour imprègne cette maison. C'est cet amour que je veux chez moi, dans ma vie. Autrement, je préfère rester vieille fille.

Latonia s'était mise à rire.

– Je ne crois pas beaucoup à cette éventualité!

– J'espère bien que non! Mais si je ne peux pas épouser Ivan, j'ai le sentiment que je n'aimerai jamais personne d'autre.

Latonia, devant son air sérieux, avait ajouté vivement :

– Mais tu vas te marier avec lui et vous vivrez heureux pour toujours.

– S'il en est ainsi, nous le devons entièrement à notre fée marraine. Toi, en l'occurrence! s'était exclamée Toni. Pense à cela lorsque oncle Kenrick sera désagréable avec toi et te reprochera des fautes que tu n'as pas commises.

– Tu m'épouvantes!

– Tu n'as pas à avoir peur : tu le quitteras dès que nous serons mariés, et il ne pourra rien contre toi. Ce n'est pas ton tuteur. Il n'a aucun droit sur ta personne, et dès que je t'aurai envoyé le télégramme, tu feras tes bagages et tu reviendras en Angleterre.

Toni, avec son sens pratique, venait de penser, tout à coup, que si Latonia devait rentrer chez elle sans le consentement de son oncle, il lui faudrait de l'argent.

– Voilà trois cents livres, chérie, avait-elle déclaré à sa cousine, la veille du départ. Garde-les précieusement. Je suis certaine qu'il y aura des voleurs sur le bateau ou aux Indes. Fais attention.

– Je n'ai pas besoin de tant d'argent! s'était écriée Latonia.

– Si, et souviens-toi que tu es riche et que tes pourboires doivent être généreux.

– Je ne saurai pas... combien et quand... il faut donner.

– Tu apprendras, avait conclu Toni sur un ton qui n'admettait pas la réplique. Ce qui importe, c'est que tu aies une somme suffisante pour t'enfuir si oncle Kenrick devient impossible.

Cette solution avait apaisé Latonia. Elle avait remercié Toni en se promettant d'être très raisonnable pour pouvoir lui rendre ce qui resterait à son retour.

– Ne t'inquiète pas pour le manoir, avait précisé Toni avec empressement, pendant le voyage vers Londres. Je paierai tout, et Ivan m'apportera des petites douceurs. Des raisins, des pêches, par exemple...

– Tu vas devenir une parfaite femme d'intérieur, l'avait taquinée Latonia.

– Eh oui! Puisque j'adore Ivan, je serai heureuse avec lui dans une maison comme le manoir. Mais je ne dis pas que, plus tard, je n'apprécierai pas le titre de duchesse. Je me vois très bien parée des diamants des Hampton, assise parmi les pairesses à l'ouverture du Parlement.

Latonia avait souri.

– Oh, Toni! Tu es toujours inattendue! Cela me paraît drôle de t'imaginer en duchesse.

– J'ai de l'appétit. Je veux tout! avait crié Toni, et elles avaient éclaté de rire.

Au moment des adieux, Latonia s'accrocha désespérément à Toni, comme si elle ne pouvait supporter l'idée de la séparation.

– Merci, chérie, encore merci, fit Toni. Ivan m'a redit, hier, à quel point il t'était reconnaissant. Il est aussi touché que moi.

– Pense à moi... et prie pour moi, avait murmuré Latonia. J'ai si peur de te quitter. (Elle prit sa respiration avant d'ajouter :) Et si ton oncle s'aperçoit de la supercherie avant que nous embarquions?

– Mais pourquoi? Sous cette ravissante capote, on te prendrait pour moi. (Elle embrassa Latonia :) Imagine les histoires que nous pourrons raconter à nos petits-enfants et tâche de trouver un mari aux

Indes. Ensuite, nous pourrons faire la course à qui aura un bébé la première, tout comme nos mères.

Cela paraissait tellement absurde que Latonia ne put réprimer un sourire fugitif. Elle souriait encore en agitant la main en signe d'adieu quand la voiture de louage, remplie de bagages, prit la direction de Curzon Street.

Les chevaux s'arrêtèrent devant l'imposante demeure. Le moment était venu pour Latonia de rencontrer l'oncle de Toni et de lui mentir comme elle ne l'avait encore jamais fait de sa vie.

En entrant, elle découvrit que Branscombe House ressemblait beaucoup au château. Il y régnait la même atmosphère lourde et pesante. Les meubles en acajou et les portraits rébarbatifs des ancêtres des Branscombe étaient sans doute ceux que Toni avait toujours vus depuis son enfance.

Un vieux domestique la précéda dans un hall dallé de marbre et ouvrit la porte :

– Mlle Latonia Combe, m'lord, annonça-t-il d'une voix de stentor.

Latonia eut soudain l'impression que des milliers de papillons voletaient dans sa poitrine. Elle se dirigea vers l'extrémité de la pièce et aperçut un homme debout devant la cheminée. Elle s'était imaginé que le nouveau lord Branscombe ressemblait à son frère, qu'elle avait toujours appelé oncle Hubert. Mais, au premier regard, elle reconnut son erreur. L'homme qui l'attendait était plus grand, plus large d'épaules, avec un visage carré dans lequel Latonia ne discerna aucun trait commun avec lord Branscombe ni même avec Toni.

En s'approchant, elle se sentit observée par des yeux d'un gris d'acier qui la fixaient d'une manière si pénétrante qu'elle eut le sentiment de ne jamais pouvoir leur mentir.

Et elle se dit, tout à coup, qu'il savait déjà qu'elle lui jouait la comédie.

Le chemin pour arriver jusqu'à lord Branscombe lui parut interminable. Il dit enfin d'une voix froide, autoritaire où perçait le mépris :

– Vous êtes en retard! Vous devriez être là depuis une heure.

Latonia balbutia :

– Je... Je suis désolée... oncle Kenrick, mais un des chevaux de l'équipage a perdu un fer, et j'ai été obligée... de louer une voiture pour venir ici.

– Cela ne serait pas arrivé si votre cocher connaissait son métier, coupa lord Branscombe.

Latonia ne trouva rien à répondre. Elle attendait, stoïque, la suite des événements. Ils ne s'étaient pas serré la main et, naturellement, elle avait oublié la révérence qu'elle avait préparée.

– Enfin, vous êtes là, fit remarquer lord Branscombe comme s'il cherchait à s'en convaincre. Je vous conseille de vous asseoir pour entendre ce que j'ai à vous dire.

Latonia leva les yeux et le regarda bien en face. Elle nota qu'il l'observait toujours avec un air désapprobateur, le visage terriblement sombre. Elle remarqua la ligne dure de sa bouche et devina que le retard n'était pas la seule raison de son mécontentement.

Elle s'assit fébrilement sur le bord d'une chaise, en serrant ses mains gantées.

Lord Branscombe commença :

– Je pense avoir été assez clair dans ma lettre sur les raisons qui m'obligent à vous emmener avec moi aux Indes. Je ne peux plus vous permettre de vous conduire comme vous l'avez fait depuis la mort de votre père. (Il marqua une pause avant de continuer :) Ce n'est pas seulement ce que m'a raconté lady Luddington à propos de votre attitude honteuse envers son fils qui m'a amené à prendre cette décision, mais beaucoup d'autres choses que j'ai entendues sur votre comportement pendant la saison, quand vous étiez sous la surveillance de votre cousine Alice.

A ces paroles, Latonia dut faire effort pour ne pas défendre Toni contre ces accusations qui, sans aucun doute, provenaient de femmes jalouses.

Depuis l'âge de quinze ans, Toni avait attiré les jeunes gens, mais elle avait aussi suscité la jalousie de ses semblables. Ces ragots émanaient de jeunes filles qu'elle avait éclipsées et de nombreuses dames du comté dont le pouvoir de séduction risquait d'être menacé par celui de Toni. C'était un fait que les hommes de tout âge la trouvaient irrésistible.

Latonia déclara :

– Je ne sais pas... ce que vous avez entendu... mais si vous vous préparez à me juger, je pense qu'il serait juste que vous écoutiez aussi... ce que j'ai à dire pour ma défense.

Lord Branscombe parut surpris, mais il répliqua :

– Je n'ai pas l'intention d'entrer dans les détails, mais je suis persuadé qu'il n'y a pas de fumée sans feu. En vous éloignant de Londres, je considère que j'agis dans votre intérêt. (Il pinça les lèvres avant d'ajouter :) J'espère qu'ainsi j'arriverai à obtenir que vous vous conduisiez un peu plus convenablement à l'avenir.

« On dirait un vieux maître d'école sermonnant une élève indisciplinée », pensa Latonia.

Elle réalisait avec peine qu'il n'avait guère plus de trente-trois ans.

« Il ne me fait pas peur » murmura-t-elle intérieurement, sans en être toutefois si sûre.

– Peut-être pensez-vous, poursuivit lord Branscombe, qu'une fois arrivée aux Indes, vous mènerez la vie mondaine qui est de règle dans les maisons de gouverneurs et dans les endroits où se retrouvent les Anglais. Ce n'est pas du tout mon intention. (Il s'arrêta un instant avant de reprendre :) Vous n'irez pas au bal, et si vous espérez rencontrer des jeunes gens sensibles à vos charmes déjà bien exploités, vous vous trompez lourdement. (Puis, d'une voix coupante :) Je travaille et si, en m'accompagnant, vous découvrez un monde différent de celui auquel vous vous attendez, ce sera peut-être l'occasion salutaire pour vous apprendre à vous tenir comme il faut.

Latonia, en l'écoutant, imaginait la colère de Toni s'il lui avait parlé ainsi. Elle n'aurait pas manqué de lui répondre avec insolence. Pour Toni, les soirées, le flirt et les badinages amoureux étaient indispensables.

Si Latonia n'avait pas été aussi terrifiée, elle se fût amusée à penser que la punition de lord Branscombe n'était pas aussi sévère qu'il le croyait puisqu'elle ne prenait aucun plaisir à ce genre de distraction.

Elle eut envie de le surprendre et déclara posément :

– Bien sûr, oncle Kenrick. J'ai hâte de connaître l'Inde et les mondanités ne m'intéressent nullement.

A la façon dont lord Branscombe haussa les sourcils, elle comprit qu'elle avait visé juste. Il ne s'attendait certes pas à une telle réaction de la part de sa nièce.

Après un silence, il reprit :

– Maintenant que la situation est nette entre nous, allez vous reposer avant le repas. Nous dînerons de bonne heure car nous partons tôt demain matin. Vous m'obligerez en étant à l'heure.

Il s'adressait à elle d'une voix sèche, comme à un soldat indiscipliné.

La jeune fille se leva :

– J'essaierai de ne pas vous faire attendre, et je vous remercie d'avoir bien voulu me faire part de vos intentions.

Elle esquissa une petite révérence, puis s'éloigna sans se retourner, mais elle sentit, dans son dos, le regard gris qui la transperçait.

Ce n'est que dans le hall où le maître d'hôtel l'attendait pour l'accompagner jusqu'à sa chambre, qu'elle s'aperçut du tremblement de ses mains.

3

Sur la route de Tilbury, Latonia se sentit un peu excitée en pensant au départ qui approchait.

Il lui avait été impossible de dominer sa nervosité lorsque, la veille, elle s'était assise en face de lord Branscombe pour dîner. Devant son visage glacial, et à la façon dont il la regardait, elle mesurait le mépris et l'antipathie qu'il éprouvait à son égard. Ne s'étant jamais heurtée à une telle animosité dans sa vie, jusqu'ici tranquille et limpide, Latonia, pour se rassurer, se répétait qu'elle n'était pas concernée mais, malgré ses efforts, elle était effrayée et bouleversée.

Cet homme l'écrasait littéralement et Latonia croyait Toni, à présent, quand elle prétendait qu'il terrorisait ses subalternes.

Elle avait tenté de lancer quelques phrases banales pendant le repas délicieux que leur servirent un maître d'hôtel et deux valets de pied, mais lord Branscombe s'était contenté de répondre du bout des lèvres.

Apparemment, la seule vue de sa nièce le hérissait.

« Comment peut-on être aussi méchant envers Toni ? » se demandait Latonia. Elle prit finalement le parti d'essayer d'apaiser sa colère, dans la mesure du possible.

Après le dîner rapidement expédié, lord Branscombe avait déclaré d'une voix sèche :

– Je vous conseille d'aller vous coucher et de bien vous reposer. Je ne sais si vous avez déjà voyagé mais la traversée risque d'être fatigante, surtout si la mer est mauvaise.

– Je ne puis dire si j'ai ou non le mal de mer, mais je tâcherai de ne pas vous faire honte.

– Ce serait bien la première fois!

La réponse de lord Branscombe ne l'étonna pas. Cependant, une nouvelle fois, elle pensa à la réaction qu'aurait eue Toni en de telles circonstances. En le quittant, Latonia avait fait simplement la révérence en disant posément :

– Bonsoir, oncle Kenrick. Je serai à l'heure demain matin.

On lui apporta son petit déjeuner dans sa chambre. Quand elle descendit, vêtue d'une élégante robe de voyage de Toni, avec une cape bordée de fourrure, et coiffée d'une capote à plumes, lord Branscombe se trouvait déjà dans le salon.

Il devait probablement avoir l'œil fixé sur la pendule; mais elle était en avance de trois minutes et il ne put la prendre en défaut. Ils s'installèrent dans une confortable voiture que Latonia reconnut comme ayant appartenu au père de Toni ainsi que les chevaux de l'équipage.

Le chef de gare les attendait pour les accompagner jusqu'au compartiment qui leur était réservé, et Latonia remarqua le courrier qui suivait avec les bagages.

Ils n'avaient donc plus qu'à monter dans le train où l'on avait déjà disposé sur les banquettes de nombreux journaux et magazines.

Etait-ce seulement depuis qu'il avait hérité de son titre que lord Branscombe voyageait d'une manière aussi luxueuse, ou sa solde d'officier lui permettait-elle de telles dépenses? Elle faillit lui poser la question, mais elle y renonça, convaincue qu'il aurait considéré cela comme une impertinence; elle s'empara d'un magazine. Lord Branscombe se plongea aussitôt dans la lecture des journaux avec l'intention visible de couper court à toute conversation.

Latonia regardait défiler le paysage en songeant au plaisir qu'elle éprouverait à découvrir l'Inde. Chaque tour de roues la rapprochait de Tilbury. Il y avait donc de moins en moins de risques que lord Branscombe découvrît qu'elle n'était pas Toni. La sécurité de sa cousine était assurée.

Latonia brûlait d'envie d'écrire à Toni, de lui raconter le premier affrontement avec son oncle, mais elle jugea que c'était trop dangereux. Elle lui écrirait quand elle serait sur le bateau où il était peu probable qu'on pût intercepter son courrier. De toute façon, les lettres seraient adressées à Mlle Latonia Hythe.

Le navire, avec sa coque noire, paraissait plus imposant qu'elle ne s'y attendait; elle apprit que c'était l'un des derniers construits par la compagnie P & O (1). Les cabines étaient agréablement meublées et l'on avait réservé une suite pour lord Branscombe.

Le père de Latonia lui avait appris que l'abréviation employée pour désigner les meilleures cabines

(1) P & O : President and Orient Line. Compagnie anglaise qui assurait le service de navigation entre l'Angleterre et différents pays, notamment les Indes et l'Australie.

de la P & O, à l'abri du soleil, était « posh », ce qui signifiait chic, élégant. (1)

Leurs deux chambres, situées de chaque côté du salon, appartenaient certainement à cette catégorie si l'on en jugeait par le ton avec lequel le commissaire s'adressa à Sa Seigneurie : il lui assura qu'il avait le plus bel appartement de tout le bateau, réservé habituellement, des mois à l'avance, pour les passagers de marque.

– Je vous suis très reconnaissant d'avoir pu me procurer ces cabines dans un délai aussi bref, répondit lord Branscombe.

– C'est un plaisir pour nous, m'lord, répliqua le commissaire. Je suis à votre service dans le cas où Mlle Combe ou vous-même auriez besoin de quelque chose.

La femme de chambre, tout en défaisant les bagages de Latonia, se mit à bavarder et lui apprit que le bateau était plein.

– Vous allez bien vous amuser, mademoiselle, ajouta-t-elle. Il y a beaucoup de jeunes gens à bord, qui vont rejoindre leur régiment. On danse tous les soirs et, jusqu'au coucher du soleil, il y a des jeux organisés sur le pont. Vous y prendrez part, sûrement !

– Je m'en réjouis, fit Latonia. C'est ma première traversée, et j'ai l'intention d'en profiter pleinement !

– Avec toutes ces robes magnifiques, vous serez la reine des soirées, dit la femme de chambre en souriant.

(1) Posh : mot argotique dont les initiales forment Port Outward Starboard Home, c'est-à-dire babord au départ, tribord au retour. Les cabines situées à cet endroit étaient très prisées par les Anglais car ils pouvaient contempler les côtes d'Angleterre quand ils partaient et les apercevoir de très loin lorsqu'ils revenaient dans leur pays.

Voilà qui promettait d'être amusant et nouveau! Mais elle déchanta rapidement.

Elle se rendit dans le salon, tandis que la femme de chambre achevait de mettre de l'ordre dans sa cabine. Elle remarqua, sur la table, un grand nombre de livres et une énorme pile de papiers. Lord Branscombe avait sûrement l'intention de travailler pendant le voyage. C'est alors qu'il entra. Il avait changé son habit contre une veste de yachting qui le rajeunissait et le faisait paraître moins guindé.

Après lui avoir lancé un coup d'œil peu amène, il dit d'une voix coupante :

– Asseyez-vous, Latonia. J'ai à vous parler.

Elle obéit, en se demandant ce qu'il avait encore inventé pour lui être désagréable. Il prit place en face d'elle, croisa les jambes et la fixa d'un air résolu avant de commencer :

– J'ai décidé, avant d'entreprendre ce voyage, de prendre des mesures pour que votre conduite ne suscite aucun commentaire malveillant. J'ai vu les passagers et j'ai pris connaissance du programme prévu. Voici donc ce qu'il en est.

Latonia garda le silence. Elle le fixa simplement de ses yeux qui semblaient immenses dans son fin visage.

– J'ai donné des instructions pour que nous prenions nos repas ici, dans ce salon. Vous ne sortirez qu'avec moi, de préférence tôt le matin ou tard le soir, quand il y aura peu de monde sur le pont.

Il marqua une pause, comme s'il attendait qu'elle répliquât. Le regard de Latonia ne le quittait pas; elle imaginait la colère de Toni si elle avait été traitée comme une prisonnière. Devant son silence, lord Branscombe poursuivit, presque agressif, comme s'il souhaitait qu'elle se rebiffât :

– Etant donné ce que j'ai appris l'autre soir, il m'est difficile d'agir autrement.

– Qu'avez-vous appris?

– Je trouvais déjà votre attitude envers le jeune Luddington suffisamment blâmable, mais ce que l'on m'a raconté au club sur ce qui s'est passé, il y a un mois, dépasse l'entendement. Il ne vous suffit pas de créer des scandales partout où vous passez, vous êtes en plus complètement folle.

Latonia avait l'impression qu'il lui crachait ces mots au visage. Après quelques instants, elle demanda :

– Qu'avez-vous entendu? Je ne vois pas de quoi vous voulez parler.

– Je n'en crois rien. Vous n'ignorez pas que ce que vous considérez comme une farce a failli tourner au désastre! (Latonia ne marqua aucune réaction. Il continua :) N'importe quel imbécile sait que les courants de la Tamise sont dangereux et inciter de jeunes garçons, ivres sans aucun doute, à faire la course en traversant le fleuve à la nage aurait pu très bien se terminer par quelques noyades.

Latonia retint sa respiration : Toni ne s'était pas vantée de ce haut fait et elle ne trouva rien à répondre.

– Je ne sais quelles étaient vos complices dans cette stupide aventure, poursuivit lord Branscombe. J'imagine que ces jeunes personnes sont aussi insensées, aussi frivoles et écervelées que vous. (Il s'interrompit un instant, puis reprit :) Tout ce que je puis vous affirmer, c'est que vous devriez remercier Dieu à genoux. Par miracle, les journaux n'ont pas rapporté cette histoire, sans quoi votre réputation en eût été définitivement ternie.

« S'il dit la vérité, pensa Latonia, ce n'est pas seulement la réputation de Toni qui aurait souffert. » Une telle bêtise ne pouvait qu'horrifier le duc et accroître son hostilité à l'égard de sa cousine. « Comment Toni a-t-elle accepté de participer à un pari aussi ridicule? » se demanda-t-elle. Toni ne s'était probablement pas rendu compte du danger que comportait le jeu. Sans doute cela s'était-il produit après un dîner ou une soirée dansante; les jeunes filles avaient eu le tort de fausser compagnie à leurs chaperons et les jeunes gens avaient dû lancer l'idée d'une promenade en bateau sur le fleuve. Ils étaient nombreux, il n'y avait rien là d'équivoque, et Toni ne pensait pas mal agir en suivant les autres. L'un d'eux avait probablement suggéré de prendre un bain, car il faisait très chaud, et de faire une course à la nage, en prétextant que ce serait un excellent exercice.

Lord Branscombe pouvait reprocher à Toni d'avoir négligé les courants dangereux, mais cette dernière habitait la campagne. Il ne lui était pas venu à l'esprit que la Tamise pût être plus redoutable que le lac de Branscombe où les deux cousines se baignaient depuis leur enfance. Elles nageaient comme des poissons, et Toni n'avait pas imaginé un seul instant qu'il fût périlleux de traverser un fleuve.

Latonia hésita un instant à expliquer tout cela à lord Branscombe; Toni n'était pas là et n'avait nul besoin qu'on la défendît sur-le-champ. Et lord Branscombe supposerait encore qu'elle voulait se justifier.

Cependant, devant sa colère, elle articula doucement, le cœur battant la chamade :

– Je suis... vraiment désolée. Je ne croyais pas que c'était... mal. Comme vous l'avez dit... J'ai trouvé cela plutôt... amusant.

– Amusant! rugit lord Branscombe. Un homme

sur le point de se noyer! On m'a raconté que ses amis avaient eu toutes les peines du monde à le ramener sur la berge!

– On a peut-être... exagéré, balbutia Latonia d'une voix blanche.

– J'ose l'espérer, mais on ne peut se permettre de vous perdre de vue et je tiens à être sûr que ce genre d'« amusement », comme vous dites, ne se renouvelle pas.

– Je vous promets de faire... mon possible pour ne pas vous... irriter.

– Irriter n'est pas le mot qui convient, dit lord Branscombe en haussant le ton. Je suis scandalisé! Littéralement scandalisé en pensant au mal que vous avez fait au jeune Luddington que je connais et qui m'est fort sympathique, non seulement à lui mais à d'autres garçons assez bêtes pour vous offrir leur cœur et, apparemment, leur vie, et dont vous vous êtes jouée.

Après un long silence, Latonia reprit en tremblant :

– Vous n'avez jamais supposé... que je n'étais pas entièrement... fautive?

Elle revoyait les jeunes gens qu'elle avait connus et qui étaient tous envoûtés par Toni sans qu'elle eût fait le moindre effort pour les séduire.

– Comment cela, pas entièrement fautive? fit durement lord Branscombe.

– Je voudrais simplement préciser que les déclarations de ces garçons n'étaient pas vraiment... sérieuses.

– Pour vous, un homme qui tente de se suicider, cela n'est pas sérieux?

Latonia hésita un instant. Sans doute eût-il été plus habile de ne pas répondre : après tout, comme Toni elle-même le lui avait dit, ce n'était pas son affaire. Mais, devant l'injustice flagrante de lord Branscombe, elle ne put s'empêcher de répliquer :

– Un homme qui se laisse aller à une passion aussi excessive ne doit pas être très... équilibré.

Elle avait parlé d'une voix paisible en choisissant soigneusement ses mots, ce qui parut mettre lord Branscombe hors de lui.

– Vous essayez de dégager votre responsabilité! Bien sûr, c'est votre faute s'il a été amené à cette extrémité. Vous l'avez certainement encouragé! Vous lui avez fait croire qu'il vous intéressait; après vous être bien amusée à ses dépens, vous l'avez rejeté avec une telle cruauté qu'il a perdu le contrôle de lui-même.

Il s'arrêta enfin, attendant manifestement la réponse de Latonia.

– Je crois que vous exagérez la situation. Tout ce que je puis vous dire, c'est qu'Andrew Luddington m'était devenu odieux; il m'a été impossible de le... supporter plus longtemps.

Elle ne pouvait pas ne pas défendre Toni. Lord Branscombe avait tort de la juger uniquement sur la version de lady Luddington qui était forcément partiale.

– Vous êtes encore plus dure que je le pensais, jeta lord Branscombe avec mépris, et j'ai honte, amèrement honte, d'être votre oncle.

Sur ces mots, il sortit en claquant la porte.

Latonia resta immobile, attendant que le trouble et l'angoisse qui s'étaient emparés d'elle voulussent bien s'apaiser.

« Je n'aurais jamais dû discuter, se dit-elle. C'était idiot. J'ai seulement réussi à lui faire détester Toni davantage. Mais il est injuste! Je sais qu'il est injuste et papa a toujours eu horreur de l'injustice. »

Elle aurait donné n'importe quoi pour que son

père fût près d'elle; elle aurait pu se confier à lui, lui dire ce qu'elle pensait de lord Branscombe. Il l'avait souvent mise en garde contre sa façon de juger les gens trop hâtivement sans considérer leur propre point de vue.

– Chacun a droit à des circonstances atténuantes, quelle que soit sa conduite, répétait-il souvent.

Cependant, Latonia était forcée de constater qu'en l'occurrence, lord Branscombe était loin d'avoir cette indulgence. Toutes les choses révoltantes, déplaisantes, qu'il apprenait sur sa nièce trouvaient en lui un écho complaisant et il ne lui accordait aucune possibilité de se justifier.

« Il est cruel », pensa Latonia. Elle aurait volontiers donné dix ans de sa vie pour abandonner cette comédie et rentrer chez elle. Hélas, elle ne pouvait l'envisager; à l'avenir elle n'avait plus qu'à essayer d'ignorer ses sarcasmes, ses reproches, et à profiter du voyage.

Néanmoins, il lui serait difficile de ne pas se sentir contrainte par la présence continuelle de ce pseudo-tuteur, surtout s'ils devaient rester enfermés dans ce petit salon.

« Comment peut-il être si ridicule? se demanda-t-elle, comment peut-il s'imaginer qu'il gardera quelqu'un comme Toni cloîtrée ici, qu'il l'empêchera de se mêler aux autres passagers? »

Toni serait devenue folle à cette idée; sa malice habituelle lui aurait certainement inspiré un moyen de s'échapper. Elle aurait soudoyé la femme de chambre ou serait passée par le hublot, enfin, elle aurait fait n'importe quoi plutôt que subir la loi de son oncle, qui prétendait la retenir prisonnière.

Mais Latonia n'était pas assez audacieuse pour défier lord Branscombe, et le timide effort qu'elle avait risqué pour prendre la défense de sa cousine n'avait réussi qu'à aviver sa colère.

« Il faut absolument que je garde mon sang-froid et que j'accepte tout ce qu'il me dira », conclut-elle avec résignation.

Le navire voguait sur les eaux calmes, car il n'avait pas encore atteint le canal de Suez. Elle alla s'asseoir pour jeter un coup d'œil aux livres. Ils traitaient tous de l'Inde et la plupart étaient écrits dans une langue qui lui parut être du urdu.

Soudain, une idée la traversa...

Lorsque lord Branscombe revint dans la cabine, une heure plus tard, il semblait toujours aussi furieux. Il ne lui adressa pas la parole et elle se risqua à murmurer :

– J'ai quelque chose à vous demander, oncle Kenrick.

– Quoi? s'enquit lord Branscombe d'un ton rogue.

– Si je dois rester enfermée ici pendant le voyage, me serait-il possible d'apprendre le urdu?

Pour la première fois il parut sincèrement étonné.

– Le urdu? Mais... dans quel but?

– Je me suis toujours beaucoup intéressée aux langues étrangères et j'aimerais pouvoir comprendre les Indiens quand je serai là-bas.

– Beaucoup savent l'anglais, répliqua lord Branscombe, et peu de Britanniques se donnent la peine de parler aux autochtones qui ne les comprennent pas.

– Je n'ai jamais éprouvé de difficultés à apprendre les langues européennes, insista Latonia, et je suis sûre que je pourrais trouver un professeur à bord. Je voudrais connaître le urdu et je vois que vous avez quelques livres qui me seraient utiles.

Evidemment, elle ne pouvait lui raconter la conversation qu'elle avait eue avec son père à son départ pour les Indes.

– Il faut que je potasse mon urdu. Il doit être rouillé après tant d'années, avait-il déclaré.

– Vous le parliez quand vous étiez dans le pays? avait demandé Latonia.

– J'étais bien jeune en ce temps-là... En fait, c'était ma première affectation comme sous-lieutenant. J'étais très désireux de bien faire, et j'avais étudié le urdu avant de quitter l'Angleterre et pendant le voyage. (Il avait ajouté en riant :) En réalité, cela ne m'a servi à rien. Les autres officiers ne parlaient pas un traître mot de cette langue et n'avaient pas la moindre envie de l'apprendre.

– Cela vous a quand même servi?

– Oui, sans aucun doute. Cela m'a permis de mieux connaître le caractère indien. Je crois que les hommes qui servaient dans ma compagnie se sentaient en confiance et me respectaient : quand ils avaient des ennuis, ils pouvaient m'expliquer ce qui n'allait pas dans leur propre langue.

– Ils adoraient ton père, avait déclaré la mère de Latonia, et elle s'était empressée d'ajouter en se tournant vers lui : si ton régiment était resté aux Indes au lieu de revenir en Angleterre, où tout est tellement plus cher, je suis sûre que tu ne l'aurais jamais quitté.

– Probablement. Mais je n'ai aucun regret. J'ai été si heureux au manoir et le climat n'aurait pas été sain pour Latonia. La chaleur ne vaut rien aux enfants.

– C'est pour cela, avait repris sa femme d'une voix douce, que je ne pourrais supporter la vue de toutes ces petites tombes qu'on trouve là-bas, dans les cimetières anglais. La mortalité infantile est terrifiante.

– Mais nous, nous avons notre Latonia, avait répondu le capitaine Hythe en entourant les épaules de sa petite fille.

Latonia était persuadée, à présent, que son père aurait voulu qu'elle apprenne le urdu. Aussi, malgré le scepticisme qu'elle devinait chez lord Branscombe, elle persista :

– Je vous en prie... Pouvez-vous me trouver un professeur? Je vous promets d'être une bonne élève.

Il lui lança un regard soupçonneux comme si son désir d'apprendre une langue indienne cachait quelque chose de louche. Cependant, ne trouvant aucune objection dans l'immédiat, il finit par déclarer :

– Je parlerai au commissaire et verrai ce qu'il propose. Sinon, je vous l'enseignerai moi-même.

– Ainsi, vous vous êtes donné la peine d'apprendre cette langue?

Il ne répondit pas et la jeune fille comprit qu'il n'avait pas envie de poursuivre cette conversation.

Elle se rappela ce qu'il lui avait dit. S'il se rendait dans des Etats de l'Inde où il n'y avait aucune distraction et peut-être même pas d'Anglais, il était possible que ce fût pour une mission spéciale.

Elle lança un regard aux papiers sur le bureau, persuadée qu'ils recélaient la clé du mystère.

Après un long silence, elle se risqua à demander :

– Vous n'allez pas rejoindre votre régiment, n'est-ce pas? Et maintenant que vous êtes lord Branscombe, allez-vous quitter l'armée?

A la façon dont il fronça les sourcils, Latonia vit

immédiatement qu'il ne désirait pas répondre à ces questions. Cependant, il dit à contrecœur :

– Je ne veux pas prendre de décisions trop hâtives. Pour le moment, le vice-roi m'a demandé d'enquêter dans les régions retirées du pays, des régions mal connues.

– C'est très intéressant! s'écria Latonia. J'ai hâte de connaître tout cela.

Il lui décocha un coup d'œil incrédule, surpris qu'elle témoignât d'autres envies que celles de s'amuser, de danser et de se livrer aux plaisirs qui constituaient ses seuls intérêts à Londres.

Légèrement embarrassé, lord Branscombe fouilla dans ses dossiers avant de rétorquer :

– Je suis chargé d'enquêter sur le comportement et les opinions politiques de certains petits Etats qui n'ont pas de résident britannique. Vous comprenez, je pense, ce que cela signifie?

– Oui. Les résidents britanniques sont payés pour guider et conseiller les princes ou les rajahs, et aussi pour interdire certaines coutumes comme le *suttee*, par exemple.

Lord Branscombe semblait de plus en plus étonné : ainsi, elle connaissait le *suttee*, qui consistait à brûler les veuves avec le corps de leur mari défunt.

– C'est un assez bon résumé des charges qui leur incombent, admit-il. Mais comme vous pouvez l'imaginer, les princes font tout ce qui est en leur pouvoir pour se débarrasser d'eux.

– Vous ne devez pas être très bien accueilli au cours de ces tournées d'inspection, fit Latonia avec un petit sourire.

– C'est vrai, concéda lord Branscombe. Cependant, je me soucie peu de l'opinion des gens. Je fais mon devoir, que cela plaise ou non.

« C'est comme son attitude envers Toni », se dit Latonia.

– Quand vous aurez le temps, peut-être pourrez-vous me montrer notre itinéraire sur la carte? demanda-t-elle. J'aimerais bien me documenter un peu sur les endroits que nous traverserons. Ainsi, je serai sûre de ne rien oublier. (Lord Branscombe ne réagit pas et Latonia poursuivit :) Et pouvez-vous vous occuper du urdu dès que possible? Je ne ferai pas de grands progrès en si peu de temps, mais j'apprendrai au moins les rudiments et, quand nous serons aux Indes, je serai capable de m'adresser aux domestiques.

– Ce n'est peut-être pas souhaitable, coupa sèchement lord Branscombe.

– Oh, ce sera à vous de m'indiquer avec qui je peux parler, répondit Latonia.

Il eut de nouveau une expression incrédule devant tant de docilité. Finalement, il prit un petit livre au milieu des papiers. C'était un dictionnaire de mots usuels urdu.

– Asseyez-vous, ordonna-t-il. Je vais voir si vous avez assez d'oreille pour apprendre cette langue difficile, qui exige beaucoup de concentration. Si je m'aperçois que c'est inutile, je vous le dirai et il faudra l'accepter.

– Naturellement, approuva Latonia. Je comprends très bien et je vous remercie. Mais je ne voudrais pas vous ennuyer. Je sais que vous avez du travail. Ne vaudrait-il pas mieux me trouver un professeur?

– Plus tard, peut-être... Avant tout, il faut voir si vous êtes douée.

– Oui, sans doute. Je serais très humiliée si vous me trouviez aussi bornée que vous avez l'air de le croire.

Le courage lui revenait, pour parler de cette façon à lord Branscombe. Mais elle demeurait irritée contre lui par sa méchanceté envers Toni.

Latonia était bien placée pour savoir que si sa cousine avait agi inconsidérément et s'était montrée frivole, elle avait néanmoins l'esprit vif et une intelligence plus vive que la plupart des autres filles de son âge. Elle n'était pas aussi cultivée que Latonia car il lui était difficile de se concentrer longtemps sur un travail ou sur un sujet qui l'intéressait particulièrement.

Latonia avait beaucoup lu : chez elle, les occasions de se distraire étaient moins nombreuses qu'à Branscombe. Elle n'avait jamais eu de pur-sang, ni des hectares de terrain de jeux, pas plus que de lac où nager, et le manoir n'était pas, comme l'énorme château, rempli de trésors. Latonia avait appris à trouver en elle-même ses propres ressources et à se servir de son imagination pour comprendre ce qu'elle lisait dans les livres.

Ses parents étaient des gens cultivés. Ils adoraient leur fille unique, qui ne les quittait jamais, et ils lui avaient ainsi appris beaucoup de choses sans qu'elle en fût réellement consciente.

Les potins, pas plus que les bavardages qui emplissaient la vie de la plupart des gens de leur milieu, n'intéressaient les Hythe. Ils parlaient surtout de questions concernant l'humanisme, le développement de la civilisation, le monde matériel et spirituel.

Toni s'impatientait parfois lorsque Latonia restait à fouiller dans la bibliothèque du château, à la recherche d'un ouvrage qu'il lui fallait absolument lire.

– Allez, viens, Latonia, disait-elle. Les chevaux

piaffent. Pourquoi perds-tu ton temps ici alors que dehors le soleil brille?

– J'essaie de trouver un livre sur la conquête romaine. Papa et maman en parlaient hier soir, répondait Latonia.

Ou bien sur la construction du Taj Mahal, des jardins suspendus de Babylone ou du phare d'Alexandrie.

Latonia cherchait dans ses lectures un prolongement à ce qui avait enchanté son imagination. Aucun professeur n'aurait pu lui apporter une culture aussi profonde, car elle était motivée par un immense appétit de savoir.

Lord Branscombe s'assit en face d'elle avec une mauvaise grâce évidente. Elle sentait qu'il jugeait superficiel son intérêt pour les études et n'y voyait qu'un moyen de l'amadouer et d'améliorer leurs rapports.

Son amour-propre piqué au vif, ajouté à son désir sincère d'apprendre firent qu'elle s'appliqua tout particulièrement. Ils travaillèrent longtemps. Lorsqu'enfin lord Branscombe referma le livre, il déclara :

– C'est assez pour aujourd'hui. Je reconnais que vous êtes plus douée que je ne l'aurais cru.

– C'est tellement passionnant! s'écria Latonia. Je m'aperçois que beaucoup de mots indiens se retrouvent dans les langues européennes.

Elle ne remarqua pas l'ébahissement de lord Branscombe quand elle ajouta :

– J'ai toujours pensé que le dialecte des gitans venait des Indes. Maintenant, j'en suis certaine.

– Vous voulez dire que vous parlez la langue de ces vagabonds?

– Pas très bien, car les bohémiens ne tiennent pas à être compris par les étrangers. Mais ils campent dans le parc – dans votre parc – chaque année, et je les connais depuis toujours; je suis capable de leur dire bonjour et de leur demander des nouvelles de leur santé.

– Vous me surprenez, répliqua lord Branscombe. C'est étonnant que mon frère ait pu vous permettre de parler à des romanichels, et vous laisse seule avec eux.

Un bref éclair passa dans les yeux de Latonia. Elle répondit :

– Je ne pense pas qu'il était au courant.

Elle comprit immédiatement qu'elle avait fait une gaffe au pli menaçant qui apparut entre les sourcils de lord Branscombe. Il jeta durement :

– Il semble que votre vie jusqu'ici n'ait été qu'une succession de mensonges. Je puis vous assurer que, si jamais un jour j'ai des enfants, je les élèverai de façon plus stricte.

Latonia allait répliquer que c'était justement le genre d'éducation que son frère et sa femme avaient donné à Toni, non seulement pour qu'elle devînt raisonnable, mais aussi parce qu'ils s'étaient toujours inquiétés à son sujet. Ils la surveillaient continuellement afin qu'elle ne puisse ni se blesser ni entendre ce qu'elle ne devait pas.

Heureusement, Mlle Waddeson était très indulgente, et Latonia avait fait des milliers de choses avec Toni qui auraient épouvanté lord et lady Branscombe s'ils les avaient apprises.

Les pensées de Latonia durent se lire sur son visage, car, au bout d'un moment, lord Branscombe lança :

– Vous n'êtes pas de mon avis? Le contraire m'eût étonné!

– Je crois, répondit posément Latonia, que les

enfants, comme la plupart des gens, d'ailleurs, désirent davantage le fruit défendu.

– Et que proposez-vous comme solution?

– Ce n'est pas sorcier! Si vous expliquez raisonnablement à un enfant qu'une action est dangereuse ou mauvaise, si vous lui faites comprendre pourquoi on la lui défend, vous serez sûrement mieux obéi qu'en lui donnant des ordres péremptoires qui révolteraient n'importe qui d'un peu intelligent.

– C'est ce qui s'est passé pour vous?

Latonia faillit répondre que ses parents, avec leur esprit ouvert, lui avaient toujours laissé le choix de ses actes. Elle se souvint à temps qu'elle était censée être Toni et non Latonia Hythe.

– Oui, c'est exactement ce qui est arrivé. Depuis que je suis au monde, il me semble avoir toujours entendu « non, non » au lieu de « oui, oui ».

– Ainsi donc, quand vous êtes devenue adulte, vous avez délibérément choisi de ne pas vous conduire comme vous le deviez?

– Pas délibérément, coupa Latonia, mais comme tout le monde, j'imagine, j'ai envie d'être libre, de voler de mes propres ailes, de me prouver à moi-même que je suis un être humain et non un pantin que l'on manipule avec des ficelles.

– Cette affirmation est parfaitement dénuée de fondement, dit froidement lord Branscombe.

– Vous savez comment était... papa, reprit Latonia. Il n'a jamais commis la moindre erreur. Il voulait que sa vie soit impeccablement ordonnée comme celles de son père et de son grand-père. Vous vous en êtes certainement... aperçu quand vous étiez enfant... et que vous viviez au château?

– C'est possible, fit lord Branscombe, comme s'il entrevoyait pour la première fois cette vérité.

Il resta silencieux. Visiblement, il réfléchissait à ce qui venait d'être dit.

Il déclara enfin, d'une voix tranchante :

– Vous êtes en train de vous chercher des excuses, Latonia, mais ne croyez pas que vous allez m'abuser avec vos arguments, ni me faire changer d'avis sur la manière dont je conçois votre éducation, maintenant que je suis chargé de votre tutelle.

– Je n'essaie nullement de me disculper, protesta Latonia. Je vous montre simplement les choses sous un angle différent.

– Les angles ne m'intéressent pas, dit lord Branscombe avec rudesse. Quant à vous, je veux que vous restiez dans le bon chemin, et j'y veillerai.

Latonia lui adressa un léger sourire :

– Si ce chemin mène aux Indes et à l'enseignement du urdu, je serai amplement satisfaite.

Il quitta brusquement la table pour s'asseoir à son bureau; la jeune fille remarqua qu'il paraissait un peu décontenancé par sa réponse.

– Bien, conclut lord Branscombe. J'ai du travail, et je ne dois pas le négliger.

– Je vous laisse, et merci pour tout ce que vous m'avez appris. Je m'efforcerai de ne pas l'oublier et j'espère connaître beaucoup de mots nouveaux quand vous me donnerez ma deuxième leçon.

En regagnant sa cabine, Latonia était assez satisfaite. Elle avait réussi à désarçonner lord Branscombe en acceptant sa punition d'une manière aussi inattendue.

– Je le déteste pour sa méchanceté envers Toni, murmura-t-elle.

Néanmoins, il était bien l'homme intelligent qu'on lui avait décrit et il fallait absolument qu'elle trouve son talon d'Achille.

Latonia s'égaya à imaginer l'amusement qu'aurait été celui de Toni si elle avait su ce qui s'était passé. Elle allait lui écrire une très longue lettre, le soir même et la posterait à la prochaine escale. A défaut d'autre chose, l'aventure au moins était excitante. Quel changement avec la vie qu'elle menait depuis la mort de ses parents! Tous les jours se ressemblaient et il n'arrivait jamais rien. Lord Branscombe n'en était pas conscient, mais le moindre événement, même lorsqu'elle était enfermée dans sa cabine, devenait pour elle une aventure.

« Je vais essayer de travailler sérieusement mon urdu, ne serait-ce que pour le contrarier, décida Latonia. Il tient tellement à me prouver que je suis une demeurée. Ce sera une réelle victoire si j'arrive à lui rabattre son caquet. »

Tout à coup, une idée traversa son esprit. N'était-ce pas parce qu'il détestait les femmes que lord Branscombe se montrait aussi désagréable avec Toni? Cette supposition méritait que l'on s'y arrêtât et, en s'asseyant sur sa couchette, Latonia se dit que sa sollicitude envers Andrew Luddington provenait peut-être d'une déception sentimentale. Son échec l'avait rendu méfiant et agressif avec les femmes.

Sa belle allure et sa carrière exemplaire avaient dû attirer nombre de personnes du sexe féminin. Cependant, du plus loin que se rappelait Latonia, ni son père ni même qui que ce soit au château, n'avaient considéré Kenrick Combe comme un séducteur; ils parlaient seulement de ses fonctions au régiment, des honneurs qui pleuvaient sur lui, et des lettres flatteuses que le père de Toni recevait sur son frère.

« Il n'a peut-être jamais aimé », pensa Latonia. Pourtant elle était persuadée qu'il avait provoqué des passions.

« Quel est son secret? » se demanda-t-elle, sentant intuitivement qu'il en existait un.

Elle ne put s'empêcher de penser, avec un petit battement de cœur, que lord Branscombe, entouré de mystère, lui paraissait à présent beaucoup moins glacial et terrifiant.

4

Latonia se retournait sur sa couchette, ne parvenant pas à trouver le sommeil.

Depuis qu'ils avaient passé le canal de Suez pour entrer dans la mer Rouge, la chaleur était devenue insupportable. Durant la journée elle n'aspirait qu'au moment où elle irait enfin sur le pont, avec l'espoir qu'un peu de brise viendrait la rafraîchir sous la tente.

Mais lord Branscombe avait établi un programme très strict pour leurs journées et rien, même un typhon, se disait-elle, ne pourrait en modifier le déroulement.

Chaque matin à 7 heures, avant le petit déjeuner, ils allaient se promener sur le pont supérieur. A cette heure, il était à peu près désert, et les gens qu'ils y rencontraient n'avaient rien d'attirant et ne s'intéressaient pas à eux. Lord Branscombe prenait à cœur son rôle de geôlier et ne quittait pas Latonia des yeux, s'attendant visiblement qu'elle commît une action répréhensible. Mais la jeune fille n'en avait pas la moindre envie.

Après le déjeuner, il lui donnait une leçon de urdu qui durait deux heures. Il était extrêmement pointilleux et restait froid et lointain. Latonia était certaine qu'on eût pu trouver à bord quelqu'un pour se charger des leçons, mais lord Branscombe avait décidé d'être son professeur et ne voulait pas partager son autorité. Il semblait pourtant considérer ces leçons comme une obligation ennuyeuse, déplaisante, qu'il était de son devoir de remplir, envers une fille qu'il détestait et qui le lui rendait bien.

Personne, jusqu'à présent, n'avait éprouvé une telle aversion pour elle et Latonia devait se contenir pour ne pas éclater et lui demander d'être un peu plus aimable et plus humain. Elle savait, cependant, que cela ne le ferait pas changer d'attitude, et qu'il serait satisfait de constater sa faiblesse. Il cherchait à la punir, c'était évident et, pour que la punition portât, le repentir de la coupable était indispensable. Mais il se heurtait à la fierté de Latonia. Toni, à sa place, eût été, sans aucun doute, à couteaux tirés avec son oncle. Ils se seraient emportés tous les deux, et Toni aurait tout fait pour le braver.

Latonia était bien déterminée à se montrer conciliante, sans être humble. Elle acceptait les exigences de lord Branscombe dans la mesure où cela demeurait compatible avec sa dignité.

Une fois ou deux, il lui sembla saisir une expression de surprise dans ses yeux; mais lord Branscombe restait une énigme et Latonia ne parvenait pas à deviner ce qu'il pensait réellement d'elle ou des autres.

Après la leçon, il allait s'asseoir à son bureau pour travailler à ces dossiers qui intriguaient tant Latonia. Mais elle sentait qu'il eût trouvé impertinent qu'elle l'interrogeât à ce sujet.

Lorsqu'elle était seule dans le salon, elle était tentée de jeter un coup d'œil sur ses papiers, mais elle trouvait déshonorant de jouer les espionnes, bien qu'elle fût persuadée que lord Branscombe, à sa place, n'eût pas éprouvé les mêmes scrupules. Elle avait l'impression qu'à chaque instant il s'attendait au pire avec elle. Il la surveillait comme on surveille un animal sauvage qui attend le moment propice pour s'échapper.

Elle adorait la lecture et passait ses journées plongée dans les livres. Lovée au creux du sofa, elle dévorait les nombreux ouvrages qu'elle avait pu se procurer à la bibliothèque du navire, et elle ne se sentait pas le moins du monde brimée.

Un steward lui avait apporté un catalogue et elle avait choisi une demi-douzaine de volumes sans avoir pris auparavant l'avis de lord Branscombe.

– D'où viennent-ils? avait-il demandé alors qu'ils rentraient de leur promenade matinale en voyant la pile de livres posée sur la petite table du salon.

– De la bibliothèque. J'ai demandé à un steward de me les procurer.

– Vous auriez pu me consulter, avait-il répondu en jetant un coup d'œil aux ouvrages. J'aurais pu vous conseiller sur ceux qui valent la peine d'être lus.

– Je ne suis pas certaine que nous ayons les mêmes goûts, avait répliqué Latonia avec un petit sourire.

Il lui avait lancé un regard sévère comme si elle s'était montrée impolie. Puis, prenant les livres d'une façon quelque peu méprisante, il avait dû admettre que son choix n'était pas si mauvais.

– Je verrai ce qui est intéressant. Mais vous allez mettre un temps fou à lire tout ça!

– Je lis très vite.

– L'Inde vous passionne donc vraiment?

– Je pensais que vous vous en étiez aperçu et que

vous aviez compris pourquoi je tiens tellement à apprendre le urdu.

Il n'avait rien trouvé à ajouter. Indubitablement, Latonia avait acquis très rapidement les principaux éléments de la langue et sa prononciation était aussi bonne que celle de lord Branscombe. Il avait bien tenté de la décourager en insistant sur le nombre et la diversité des dialectes indiens. Mais elle s'était rappelé que son père lui avait présenté le urdu comme étant le plus commun, et elle s'efforçait d'améliorer son vocabulaire en consultant le dictionnaire pendant les heures de travail de lord Branscombe.

La chaleur, dans la mer Rouge, était si accablante que Latonia n'arrivait pas à se concentrer sur ce qu'elle lisait ni sur quoi que ce fût. Elle quitta sa couchette et s'approcha du hublot ouvert. Au loin, une pâle lumière dorée annonçait l'aube. Les étoiles brillaient encore dans le ciel; encore quelques instants, et elles allaient s'évanouir. Bientôt, les rayons du jour naissant les relégueraient dans un oubli éphémère.

– Quelle merveille! s'écria la jeune fille, et elle éprouva l'envie subite de profiter pleinement de ce magnifique spectacle.

Doucement, presque machinalement, elle s'habilla et sortit de la cabine. Elle courut le long du corridor jusqu'à la porte donnant sur le pont.

Quelques minutes plus tard, accoudée au bastingage, elle contemplait la lumière qui s'élevait, embrasant l'horizon. Une brise fraîche la caressa et elle ressentit un immense bien-être.

Soudain, le soleil l'aveugla et atteignit la mer, dans un éblouissement glorieux qui miroita jusqu'au bateau.

« Il n'y a pas de mots pour exprimer une telle

beauté », pensa Latonia et elle eut l'impression de se fondre dans toute cette splendeur.

Craignant d'être vue et soucieuse de s'éloigner de la porte par laquelle elle était arrivée, elle se dirigea vers l'arrière. Elle atteignit l'extrémité de la lisse d'où elle pouvait apercevoir le premier pont. Quelques passagers de troisième classe y passaient une grande partie de la journée pour fuir leurs cabines étroites et mal aérées où ils se sentaient très oppressés étant donné la foule qui s'entassait sur le bateau.

Il y avait peu de monde à cette heure-là, si ce n'est quelques hommes dormant encore dans des poses abandonnées.

Latonia jeta de nouveau un coup d'œil vers l'arrière.

Le sillage du navire creusait dans l'eau calme des vagues vertes et blanches; d'ici peu, le soleil serait si chaud qu'il lui faudrait aller chercher un chapeau ou se réfugier sous la tente.

Soudain, elle aperçut deux personnes qui se tenaient près de la rambarde : un très vieil homme et une femme d'un certain âge, portant un uniforme d'infirmière. Comme Latonia, ils regardaient la mer, lorsque, soudain, l'infirmière dit précipitamment :

– Puis-je vous demander, mademoiselle, de veiller sur lui un instant? Je ne me sens pas bien; je n'ai pas le mal de mer, mais j'ai dû manger quelque chose que je n'ai pas supporté, hier soir.

– Je vous en prie, fit Latonia.

L'infirmière s'éloigna avec une hâte significative. Latonia, en s'approchant du vieux monsieur, remarqua les veines bleues de ses mains.

– Joli, fit-il comme s'il se parlait à lui-même. Très joli.

– Oui, c'est vrai, renchérit Latonia. Le soleil redonne la joie de vivre.

Elle avait dit ces mots très doucement, mais il tourna la tête et demanda d'une voix terrifiée :

– Où est mon infirmière? Où est-elle?

– Elle va revenir dans un instant, répondit Latonia d'un ton rassurant.

– Je veux la voir, fit le vieillard avec humeur. Je veux... Elle m'a abandonné.

– Elle va revenir, répéta Latonia.

Il était perdu comme un enfant qui ne retrouve pas son jouet familier. Il lâcha le bastingage en chancelant. Latonia, craignant qu'il tombât, lui prit la main et passa son bras autour de ses épaules pour le soutenir.

– Votre infirmière sera là dans deux minutes, fit-elle, et vous lui direz comme la mer est belle...

La voix affectueuse et peut-être, aussi, le contact de la main de la jeune fille l'apaisèrent. Il s'agrippa à Latonia, tandis qu'elle le ramenait vers la rambarde. Elle garda son bras serré autour de lui, au cas où il ferait encore un effort pour aller chercher son infirmière. Il était si vieux et si fragile!

– Regardez le soleil sur les vagues, suggéra-t-elle doucement.

Tout à coup, elle entendit crier :

– Que diable faites-vous ici?

Latonia se retourna sans lâcher le vieillard et vit lord Branscombe juste derrière elle. Son visage furieux ne laissait aucun doute sur ses sentiments.

– Ainsi, je ne peux même pas être tranquille quand je dors! Vous en profitez pour tromper ma confiance. Qui est cet homme?

Il ne pouvait pas voir le visage du vieux monsieur, car, docilement, ce dernier contemplait le soleil sur la mer, mais lord Branscombe remarqua le bras de la jeune fille autour des épaules du vieillard et leurs mains unies.

S'il ne l'avait pas surprise, et si elle n'avait pas senti une telle colère dans sa voix, elle aurait trouvé l'incident plutôt comique. Mais, à ce moment précis, elle ne pouvait que le fixer avec de grands yeux ébahis, blessée que l'on pût la blâmer pour un geste charitable.

Tandis qu'elle tentait de comprendre ce qu'il avait à lui reprocher, l'infirmière revint. Elle se plaça de l'autre côté du vieil homme en s'écriant :

– Mille fois merci, mademoiselle, d'avoir pris soin de lui. J'espère qu'il a été sage?

– Vous voilà! s'exclama le vieillard d'une voix chevrotante. Pourquoi... m'avez-vous laissé? J'ai cru que je ne vous reverrais... plus.

– Bien sûr que si! répondit gaiement l'infirmière. Venez, appuyez-vous sur moi. Nous allons faire une promenade. Vous savez que le docteur vous a recommandé de prendre un peu d'exercice.

Le vieillard s'éloigna au bras de son infirmière. Latonia affronta lord Branscombe et leva les yeux sur sa haute silhouette qui se découpait dans la lumière. Les mots étaient inutiles, et quand leurs regards se croisèrent, il déclara :

– Je suppose que je devrais m'excuser?

– Je pense... que ce serait... juste.

Lord Branscombe s'appuya au bastingage.

– Vous ne pouvez me reprocher mes soupçons, étant donné ce que l'on m'a raconté sur vous.

Latonia eut l'impression qu'il cherchait à se justifier. Elle répliqua :

– Je ne crois pas que les « on-dit » puissent constituer une preuve devant une cour de justice.

– Mais ce sont des faits!

– ... qui restent encore à prouver, coupa vivement Latonia.

Elle nota le sourire fugitif sur les lèvres de lord Branscombe.

– En somme, vous considérez votre désobéissance comme un acte moral, généreux, et vous voulez me faire admettre qu'il était de votre devoir d'aider ce vieux monsieur?

Latonia répondit posément en regardant la mer :

– Nous allons dans un pays que je ne connais pas et nous avons laissé l'Angleterre derrière nous. Nous pouvons certainement faire de même avec mon passé.

– Est-ce réellement votre désir ou un moyen pour m'impressionner?

Il tenait apparemment à se montrer encore plus désagréable qu'à l'ordinaire.

– Je viens d'assister à l'aube d'un jour nouveau, fit la jeune fille. Peut-être les humains ont-ils aussi la faculté de renaître? La nature le fait chaque jour, pourquoi pas nous?

– C'est une idée qui ne m'était jamais venue à l'esprit. C'est scientifiquement impossible.

– Alors, je suis sans doute une exception. Pour moi, le passé ne compte pas. C'est l'avenir qui importe.

Elle s'efforçait de parler avec légèreté, mais il y avait une note de gravité dans sa voix, comme si elle voulait assurer sa défense.

Lord Branscombe tourna son visage vers elle; sous son regard aigu, pénétrant, elle sentit ses joues s'empourprer.

– Vous me surprenez, Latonia. En fait, je vais d'étonnement en étonnement depuis notre rencontre.

– Pourquoi?

– Vous ne correspondez pas à ce que j'attendais.

Latonia jugea préférable de ne pas répondre. Elle ne put réprimer un petit frisson : et si, avec son extraordinaire perspicacité, il avait deviné qu'elle n'était pas celle qu'il croyait? Puis, comme s'il désirait absolument la prendre en faute, lord Branscombe reprit sur un ton tout à fait différent :

– Pourquoi m'avez-vous désobéi? Pourquoi êtes-vous montée sur le pont si tôt?

– Je ne pouvais pas dormir à cause de la chaleur. J'avais envie de voir le jour se lever. Je n'oublierai jamais l'instant si émouvant, si merveilleux qui précède l'apparition du soleil.

– Vous verrez beaucoup d'aurores splendides quand nous serons aux Indes, fit lord Branscombe d'une voix changée, surtout près de l'Himalaya.

Latonia battit des mains.

– Nous irons jusque là-bas?

– Peut-être...

– J'ai toujours rêvé de connaître l'Himalaya.

– Pourquoi?

Elle choisit soigneusement les mots de sa réponse.

– Dans mon imagination, ce n'est pas seulement la plus belle montagne du monde, mais aussi une sorte de... symbole de l'effort de l'homme pour se dépasser et essayer d'approcher... Dieu. (Elle poursuivit sans remarquer l'air incrédule de lord Branscombe :) ... Pour moi, cette aspiration est celle des Indiens et aussi de ceux qui, de tout temps, ont désiré soulever le voile qui sépare ce monde de l'autre.

Latonia éprouvait quelque difficulté à trouver les

mots exacts pour exprimer ses sentiments intimes et leur donner un sens profond.

Il y eut une longue pause. Elle crut que lord Branscombe allait reprendre la conversation. Pour la première fois, la jeune fille eut le sentiment qu'il savait depuis longtemps ce qu'elle tentait de lui faire comprendre. Latonia avait envie de l'interroger, elle désirait qu'il lui explique tout ce qui lui paraissait encore confus mais, brusquement, comme s'il faisait un effort pour revenir à la réalité, il lança :

– C'est vraiment un peu tôt pour notre promenade; peut-être pourrions-nous travailler un moment ?

L'Odessa entra dans le port de Bombay, dix-sept jours après son départ d'Angleterre. Latonia n'avait jamais vu un spectacle aussi magnifique.

Son enthousiasme et son exaltation étaient tels que lord Branscombe fut obligé de monter sur le pont avant l'heure prévue. Il se tenait debout, dans la brume qui baignait le paysage, le visage maussade. Malgré cela, Latonia eut l'impression qu'il n'était pas aussi blasé qu'il en avait l'air.

Après le débarquement, Latonia aurait aimé voir la ville, mais lord Branscombe était attendu par de nombreux officiers, et quand ils eurent récupéré leurs bagages, une voiture, conduite par des soldats en uniforme, les emmena immédiatement à la gare.

Latonia eut à peine le temps d'apercevoir la masse imposante des énormes buildings officiels construits face à la mer. Ils n'étaient séparés des plages que par une bande de gazon brunâtre, la ligne de chemin de fer et une allée cavalière.

C'était très différent de ce qu'elle attendait. Lord

Branscombe lui montra l'université, la bibliothèque, le palais de justice, la poste, et elle leur trouva l'allure familière des bâtiments britanniques.

Elle ne fit aucun commentaire, de peur de paraître impertinente, mais en arrivant à la gare elle découvrit un monument encore plus grand que les autres, mi-sarrasin, mi-mongol avec des dômes, des frises tarabiscotées et des vitraux.

Là, son attente ne fut pas déçue. Une foule bigarrée d'Indiens enturbannés, avec des anneaux dans le nez, vêtus soit de la robe jaune des prêtres, soit de « *dhotis* », grouillait sur les quais.

D'énormes locomotives lâchaient leur vapeur en sifflant, les colporteurs étalaient leurs marchandises et des mendiants, aux faces mutilées ou aux membres estropiés, faisaient entendre leurs voix gémissantes. Cependant, Latonia eut peu de temps pour profiter de ce fouillis coloré. Les officiers, qui avaient accueilli lord Branscombe à sa descente du navire, le suivaient dans une autre voiture et l'attendaient maintenant pour l'escorter jusqu'au train.

Afin de marquer l'importance de Sa Seigneurie, on leur avait réservé deux wagons-lits et un salon, ainsi qu'une troisième voiture pour les domestiques, alors que le train était plein à craquer.

Lord Branscombe avait brièvement présenté Latonia aux officiers et, en les rejoignant dans le salon, elle surprit les regards admiratifs de deux d'entre eux, les plus jeunes.

– J'espère que vous vous plairez aux Indes, mademoiselle Combe, fit l'un d'eux. Si votre oncle vous emmène à Simla, vous vous y amuserez beaucoup.

– Je ne sais pas si nous irons, répondit Latonia.

L'officier marqua une légère surprise et enchaîna :

– Je souhaite néanmoins que ce soit une de vos étapes, mais je suis certain que vous rencontrerez également un accueil enthousiaste à Delhi.

Latonia trouvait bizarre que lord Branscombe ne lui ait jamais reparlé de leur itinéraire. Peut-être était-ce un secret? Elle était intriguée.

Peu de temps avant le départ du train, lord Branscombe déclara brusquement :

– Je pense que vous devriez vérifier si les objets dont vous pourrez avoir besoin pendant le voyage ont bien été déposés dans votre compartiment, Latonia. Le reste de vos bagages est dans le fourgon.

La jeune fille comprit qu'il désirait rester seul avec les autres militaires. Elle se leva et tendit la main au jeune officier qui lui avait parlé :

– Au revoir, fit-elle.

Il garda sa main un peu plus longtemps que ne l'autorisaient les convenances.

– Au revoir, et j'espère que nous vous reverrons, mademoiselle Combe.

– Je l'espère aussi.

Elle lui sourit, comme elle aurait souri à n'importe quelle personne s'adressant à elle poliment. Néanmoins, elle eut la désagréable impression que lord Branscombe lui lançait un regard furibond.

En rejoignant son compartiment, contigu au wagon-salon, elle se dit qu'il était absolument intolérable d'être soupçonnée chaque fois qu'elle parlait à un homme.

« Mais qu'est-ce que Toni a pu faire pour le mettre dans de telles dispositions? » se demanda-t-elle, pour la millième fois.

Bien sûr, il y avait eu la tentative de suicide d'Andrew Luddington; cependant, cet acte, grave en soi, était la preuve d'un caractère faible et un peu stupide. Et, un homme comme lord Branscombe, qui avait été à la tête d'un régiment, ne pouvait le nier!

« Peut-être ne veut-il croire que ce qui l'arrange », songea Latonia.

En arrivant elle trouva tout en ordre. Elle souleva la vitre de la fenêtre et contempla les gens pressés sur le quai et l'éblouissant kaléidoscope des couleurs. Les femmes en saris et les enfants, avec leurs immenses yeux sombres dans leurs petits visages bistrés, lui parurent très beaux. Après s'être divertie un moment de ce spectacle si nouveau pour elle, Latonia décida de retourner au salon malgré l'attitude réticente de lord Branscombe.

Toni n'aurait certainement pas accepté d'être traitée en quantité négligeable. Latonia, soucieuse d'affirmer son indépendance, pénétra dans la pièce où se tenaient les officiers.

En ouvrant la porte, elle entendit la voix du plus âgé.

– Pour l'amour de Dieu, Branscombe, prenez des précautions! Vous n'ignorez pas que ces petits Etats indépendants feront tout ce qui est en leur pouvoir pour échapper à la surveillance du vice-roi. S'ils jugent que vous représentez une menace, ils tenteront de se débarrasser de vous d'une manière ou d'une autre.

Latonia, pétrifiée, n'en croyait pas ses oreilles et pensa un instant être victime de son imagination. Cela ressemblait tellement à une de ces histoires qu'on lit dans les romans d'aventures. Et pourtant, il n'y avait aucun doute, l'officier avait bien prononcé ces mots qui la frappèrent si vivement.

Elle discerna dans sa voix une note de sincérité, mais aussi un avertissement sans équivoque.

Lord Branscombe se mit à rire.

– Je ne suis plus un enfant, Stevens. Vous devriez le savoir, depuis le temps. Je fais ce voyage en tant que représentant officiel et non comme enquêteur.

– Je sais. Malgré tout, je vous supplie de faire attention. Le dernier rapport que nous avons reçu de...

Latonia ne put saisir la fin de la conversation : la voix était devenue un murmure indistinct.

Abasourdie par ce qu'elle venait de surprendre, elle fit demi-tour et retourna dans son compartiment.

Enfin, pensa-t-elle, lord Branscombe n'allait tout de même pas exposer sa propre nièce à de tels dangers ?

Pourtant, celui qu'il appelait Stevens paraissait très affirmatif; on sentait qu'il savait de quoi il parlait, tandis que lord Branscombe, à peine débarqué d'Angleterre, semblait tout ignorer de la situation présente.

« Tiendra-t-il compte de leurs conseils ? » se demanda Latonia.

Le train s'ébranla et, assurée de trouver lord Branscombe seul, elle se précipita dans le salon.

Il se tenait près de la fenêtre et regardait la foule sur le quai. Ils fixaient le train comme s'il s'agissait d'un monstre préhistorique. Latonia s'approcha et déclara :

– Je n'aurais jamais pensé qu'il pût y avoir autant de gens sur un quai de gare !

Lord Branscombe sourit :

– Les Indiens sont à la fois terrifiés et amusés par le chemin de fer. Mais ils trouvent que c'est une invention fascinante et, pour rien au monde, ils ne voudraient manquer un départ.

– Je comprends cela, fit Latonia. Puisque nous

parlons d'un nouveau monde, voulez-vous me dire où nous allons?

Lord Branscombe lui jeta un regard scrutateur, comme s'il attendait cette question.

– Est-ce d'un grand intérêt?

– Pour moi, oui. Je vous ai dit que j'aimerais avoir une carte pour suivre notre voyage pour pouvoir en retracer les étapes dans ma mémoire quand il sera fini.

– Je n'ai pas de carte sous la main, mais j'essaierai de vous en procurer une.

Latonia eut le sentiment qu'il mentait délibérément, pour éviter de lui répondre. Elle prit une chaise et dit en levant les yeux sur lui :

– Vous êtes dans le service secret?

Il sursauta.

– Pourquoi me posez-vous une telle question?

– Je pourrais vous laisser croire que j'ai de l'intuition, mais je préfère être franche : j'ai surpris votre conversation, il y a un instant.

La colère assombrit le visage de lord Branscombe. Elle ajouta sans lui laisser le temps de répliquer :

– Je n'avais pas l'intention d'être indiscrète, mais j'ai ouvert la porte et j'ai entendu l'officier que vous appelez Stevens vous supplier d'être prudent.

– Stevens ferait bien de mesurer ses paroles, répliqua sèchement lord Branscombe.

– Je veux savoir la vérité, insista Latonia. Si nous allons au-devant d'un danger, je dois aussi m'y préparer.

Lord Branscombe fronça les sourcils.

– S'il y avait le moindre risque, vous ne seriez pas ici avec moi. J'ai des tas d'amis qui auraient été enchantés de vous chaperonner. Mais, comme vous le savez, j'ai mes raisons pour vous tenir à l'œil et vous éloigner de cette société où vous ne manqueriez pas de semer le trouble.

– J'ai toujours cru que l'on admettait l'innocence de quelqu'un tant que l'on n'a pas prouvé sa culpabilité.

– J'ai une réponse toute prête, fit lord Branscombe, mais il m'avait semblé comprendre que nous ne devions plus parler du passé.

– Je n'ai aucune envie d'être chaperonnée ni de m'exposer aux tentations que vous craignez tant, rétorqua Latonia. (Devant l'air hostile de lord Branscombe, la jeune fille poursuivit précipitamment :) Je préfère de beaucoup être avec vous et voir des endroits inconnus et différents de ceux que visitent la plupart des touristes quand ils viennent aux Indes. Néanmoins, j'aimerais savoir pourquoi nous y allons et, si votre vie est en danger, je pense que deux précautions valent mieux qu'une.

– Cela ne vous regarde pas, jeta durement lord Branscombe. Ne vous tracassez pas pour moi. Je puis vous assurer qu'il ne m'arrivera rien, pas plus qu'à vous. A la moindre alerte, je vous promets que nous nous réfugierons chez le premier résident britannique.

– Décidément, vous ne voulez pas comprendre! s'écria impatiemment Latonia. C'est un véritable roman d'aventures et on peut s'attendre à tout aux Indes. Si, comme je l'ai lu, il est nécessaire de mener une politique secrète pour diriger ce grand pays, je veux faire mon possible pour vous y aider.

La sincérité de Latonia était évidente; lord Branscombe, malgré lui, semblait touché par ce qu'elle disait.

Pendant un court instant, la jeune fille crut qu'il allait enfin se confier à elle; il était sur le point de lui répondre, quand deux stewards pénétrèrent dans le compartiment pour les avertir que le déjeuner leur serait servi à la prochaine gare et leur souhaiter bon appétit.

Les arrêts successifs, les attentions prodiguées par les domestiques et la détermination de lord Branscombe à se taire, obligèrent Latonia à se cantonner dans des remarques sans intérêt jusqu'à la fin de la journée.

Une fois sur sa couchette, elle se sentit de plus en plus intriguée par ce voyage qu'elle devinait très important. Elle savait que le vice-roi et une poignée de fonctionnaires sous ses ordres gouvernaient un pays de trois cents millions d'habitants.

Le train filait dans un bruit de tonnerre, et Latonia, qui ne parvenait pas à trouver le sommeil, essayait de se rappeler ce qu'elle avait entendu dire à propos des difficultés rencontrées aux Indes par ses compatriotes.

Son père lui avait souvent parlé de ce pays, et, surtout, de la période où il était en garnison avec son régiment. Elle avait glané aussi quelques renseignements dans les livres de la bibliothèque.

Elle avait l'impression que la menace des Russes et leur infiltration en Afghanistan concernaient d'une certaine façon lord Branscombe et, cependant, elle ne possédait aucune preuve qui pût étayer cette supposition.

« Il y a tant de choses que je voudrais lui demander », pensa Latonia. Elle savait bien cependant, que l'animosité qu'il ressentait à son égard ne l'inciterait à aucune confidence. Le questionner était inutile. Néanmoins, Latonia était douée d'une mémoire fidèle; elle se souvenait d'avoir lu quelque part que les Russes s'installaient au sud et à l'est, assimilant l'un après l'autre les khans d'Asie centrale en vue d'un encerclement de l'Inde. Cela paraissait à peine croyable mais dans un autre livre, elle avait également découvert qu'une ligne de chemin de fer, traversant la Sibérie jusqu'à l'extrémité est du pays, était en construction, ainsi qu'une autre en Turquie qui pourrait être le point de départ d'un plan d'annexion du Tibet.

« Si seulement lord Branscombe voulait me mettre au courant », se disait la jeune fille, déterminée à le pousser dans ses retranchements.

Le lendemain, après le petit déjeuner, elle demanda :

– Pourriez-vous m'expliquer ce qui se passe dans les tribus musulmanes qui se trouvent à la frontière de l'Afghanistan et de l'Inde?

Lord Branscombe se raidit.

– Qui vous en a parlé?

Latonia sourit.

– Vous savez bien que je ne parle à personne, mais vous m'avez tout de même permis de lire!

Il parut soulagé.

– Je pourrais peut-être vous trouver quelques ouvrages là-dessus, si vraiment cela vous intéresse.

– Je préférerais connaître votre point de vue personnel.

– Sur quoi exactement?

– Sur le danger que constituent les tribus dans le nord et sur les raisons pour lesquelles les Russes se servent ouvertement des princes indépendants et relativement peu importants.

Une bombe tombant aux pieds de lord Branscombe ne l'aurait pas surpris davantage. Malgré tout, le premier mouvement de stupeur passé, il sembla se détendre et, à part une lueur dangereuse au fond de ses yeux gris, son visage redevint impassible.

– Ce que vous avez lu dans vos livres ne tient pas debout. Personnellement, je pense que la menace russe a été volontairement exagérée par des écrivains comme Kipling qui veulent à tout prix vendre leur prose.

Latonia ne répondit pas et, après un silence, il demanda, comme s'il était curieux de connaître sa réaction :

– Vous me croyez?

Latonia hocha doucement la tête.

– Je vous croirais si je n'avais pas entendu ce que vous a dit le colonel Stevens hier soir.

Lord Branscombe laissa échapper une exclamation d'impatience.

– Fort bien! Il se peut qu'il y ait quelque vérité dans cette supposition, mais cela n'a aucun rapport avec mon voyage. Je dois simplement prendre contact avec les princes, savoir s'ils ont besoin de l'assistance des Anglais, et les assurer que leur loyauté, s'ils nous restent fidèles, sera récompensée.

Elle sentit qu'il n'avait lâché qu'à regret cette très mince information. Elle répondit avec une légère pointe de triomphe dans la voix :

– Merci de ce renseignement. Au moins, je sais ce que nous allons faire, mais je serais encore plus intéressée si vous me disiez où nous allons.

Elle s'attendait à ce que lord Branscombe, cette fois, sortît de ses gonds, mais il se contenta de lancer d'un ton amusé :

– Les femmes sont comme les moustiques! Irritantes! Tenaces! Bon... Je vais satisfaire votre curiosité, même si je suis certain que ce renseignement ne vous apportera rien de plus, et que vous trouverez peu d'informations sur nos étapes dans vos guides.

– Je n'en aurai pas besoin.

– Comment cela?

– Parce que je ne peux avoir de meilleur guide que vous.

Bien qu'il pût croire, une fois de plus, à une ruse de Latonia, cette dernière saisit avec satisfaction une expression presque humaine dans le regard de lord Branscombe lorsqu'il finit par avouer :

– Très bien, Latonia. Vous avez gagné. Maintenant, dites-moi ce que vous désirez savoir exactement.

Après d'interminables kilomètres parcourus sur des routes pénibles, à travers des plaines poussiéreuses, ils atteignirent enfin une ville qui semblait sortir d'un autre âge.

Les murs de grès pâle cuits par un soleil torride, semblaient décolorés. Le bazar était un vrai arc-en-ciel, mais les gens avaient l'air misérables et la plupart étaient en haillons.

A sa grande joie, Latonia avait chevauché une bonne partie de la journée.

– Vous avez sans doute l'habitude des longues courses, lui avait demandé lord Branscombe, avant d'atteindre la gare où ils devaient descendre.

– Oui, si un jour entier de chasse vous semble être une longue course.

Vraisemblablement, il devait déjà soupçonner que Toni était aussi bonne cavalière que l'avait été son père.

Lord Branscombe n'avait fait aucun commentaire et la jeune fille s'était dit que son antipathie envers Toni et envers tout ce qui la concernait l'empêchait de donner son appréciation sur un sport que lui-même, pourtant, appréciait particulièrement.

Latonia se réjouissait de monter aussi bien, sinon mieux, que Toni. Elle avait l'habitude des chevaux, surtout des demi-sang de bonne race, parfaitement dressés, dont elle avait pu disposer chez sa cousine.

Les bêtes qui les attendaient étaient petites et fougueuses, avec de fines attaches. Une fois en selle, Latonia s'aperçut qu'elle allait devoir imposer sa loi si elle voulait garder le contrôle de sa jument. Elle remarqua, avec amusement, que la monture de lord Branscombe lui donnait aussi du fil à retordre.

Les chevaux enfin calmés, Latonia put observer tout à loisir les gens qui passaient sur la route. C'était fascinant et elle y trouva un plaisir inattendu. La jeune fille aurait voulu interroger sans cesse lord Branscombe sur les castes auxquelles appartenaient les Indiens qu'ils rencontraient, mais elle sentit que le moment était mal choisi.

Leur caravane se composait d'un éléphant chargé d'une grande partie de leurs bagages et d'une armée entière de serviteurs apparus comme par enchantement, bien que Latonia supposât que beaucoup devaient se trouver avec eux dans le train.

Deux militaires, seulement, les accompagnaient, et Latonia ne fut pas surprise de voir lord Branscombe en uniforme de lancier du Bengale. Malgré la semi-officialité de sa visite, il représentait la souveraineté britannique et cette tenue en était le symbole.

En arrivant à Bombay, où il avait déjà revêtu son uniforme, Latonia l'avait trouvé plus élégant et, d'une certaine façon, plus distingué qu'habillé en civil. Lord Branscombe était très impressionnant sur son cheval et, dans d'autres circonstances, elle aurait trouvé grisant d'être seule dans un monde inconnu avec un aussi bel homme.

« Hélas, songeait Latonia, je ne suis que sa nièce détestée et, quand il s'apercevra que je l'ai trompé, il me haïra encore davantage. Pourtant, j'aurais regretté toute ma vie de n'avoir pas connu les Indes. »

Opinion qui se renforça lorsque leurs guides les conduisirent au palais à travers d'étroites ruelles. Son importance n'apparut pas immédiatement à Latonia, mais elle découvrit, par la suite, qu'il renfermait une demi-douzaine de cours intérieures, un ou deux jardins et peut-être une centaine de pièces.

Des gardes du corps montaient la garde devant les appartements princiers. Ils saluèrent profondément lord Branscombe en joignant les mains, paume contre paume, selon la vieille coutume de l'est.

Lord Branscombe et Latonia mirent pied à terre et un fonctionnaire du palais les introduisit dans une grande pièce donnant sur le jardin.

Il faisait chaud et la foule des courtisans, assis jambes croisées sur le sol, rendait l'atmosphère encore plus étouffante. Le trône du rajah se trouvait sur une estrade agrémentée de quelques marches. Ce dernier, en tenue d'apparat, portait des rangs de perles autour du cou et la poignée de son épée était incrustée de diamants.

Il avait un visage mince, expressif mais, pour un homme aussi jeune, il paraissait usé par les excès de toutes sortes et Latonia, en observant attentivement ses pupilles dilatées, eut la certitude qu'il était opiomane.

Le rajah accueillit cérémonieusement lord Branscombe qui fut invité à prendre place dans un fauteuil à son côté, tandis que Latonia s'asseyait sur une petite chaise près de lui.

– Nous sommes très honorés de votre présence, fit le rajah dans un anglais très pur.

Latonia apprit par la suite qu'il avait fait ses études dans une université britannique.

– Je suis heureux de faire la connaissance de votre Grandeur, répondit lord Branscombe.

Latonia, très attentive, nota la cordialité de sa voix et la façon dont il complimenta le jeune prince au cours de la conversation en l'assurant de sa sympathie. De temps à autre, lord Branscombe posait des questions un peu insidieuses, et la jeune fille eut l'impression que les courtisans, en particulier ceux qui occupaient les plus hautes fonctions, paraissaient tendus.

« Ils ont quelque chose à cacher, pensa-t-elle, je me demande si lord Branscombe s'en est aperçu. »

L'audience touchait à sa fin; on leur offrit un sorbet et des sucreries poisseuses, dont le goût restait dans la bouche longtemps après qu'on les eut avalées.

Puis on les conduisit dans la maison réservée aux invités. Elle était petite et beaucoup moins luxueuse que les appartements du palais. Latonia fut stupéfaite de constater combien tout y était sordide. La peinture s'écaillait sur les murs, les tentures et les tissus des fauteuils étaient fanés et la nappe de la table, sur laquelle ils allaient prendre leur repas, n'avait même pas été repassée.

Devant son air surpris, lord Branscombe lui expliqua quand ils furent seuls :

– Cet Etat est très pauvre mais, même ailleurs, vous remarquerez que les Indiens ne font les peintures qu'au moment de la construction ou quand le rajah prend une nouvelle épouse. Après, ils n'y touchent plus.

– Comme c'est curieux! s'exclama Latonia. Personnellement j'aimerais mieux avoir un peu moins de diamants sur mon épée et une maison propre!

– Vous ne ferez jamais accepter une chose pareille à sa Grandeur. Les diamants font partie de son prestige et sont transmis de génération en génération. D'ailleurs, il ne les porte que dans les cérémonies officielles, comme aujourd'hui. Le reste du temps, ils sont sous clé dans un coffre.

– C'est fascinant, fit Latonia. Je vous en prie, parlez-moi de sa Grandeur.

En disant ces mots, elle réalisa qu'elle avait commis une erreur. Lord Branscombe répliqua en élevant légèrement la voix :

– Ma chère nièce, c'est un grand honneur pour nous d'être les hôtes d'un jeune souverain aussi intelligent et aussi charmant.

Tout en conversant, lord Branscombe s'était approché de la véranda contiguë à la pièce où ils se trouvaient et jeta un coup d'œil dans le jardin, derrière la maison.

Apparemment, il n'y avait personne, mais Latonia, en le rejoignant, eut la certitude que ses paroles étaient déjà parvenues au palais et seraient rapportées au rajah dans le plus bref délai.

5

Pendant les quarante-huit heures qui suivirent, Latonia n'eut pas l'occasion de parler seule à seul avec lord Branscombe.

Elle remarqua son attitude aimable et presque affectueuse avec le rajah. Le jeune homme semblait répondre à ces marques de sympathie, mais ses pupilles étaient encore dilatées, et Latonia se demandait si lord Branscombe s'en était aperçu.

Comme le lui avait dit son père, la pratique de la drogue était très courante aux Indes, et elle savait que les Anglaises se méfiaient de leurs ayahs, qui donnaient parfois, pour les calmer, de petites doses d'opium aux bébés dont elles avaient la garde.

Malgré cela, les Anglais permettaient la vente de l'opium et, comme les taxes étaient très élevées, on peut même dire qu'ils l'encourageaient.

Latonia pensait que les dirigeants du pays auraient dû interdire un tel marché, et elle se promit d'en parler à lord Branscombe sans éveiller ses soupçons sur les raisons de sa question. Elle se dit également que c'eût été très agréable de voyager comme des gens ordinaires, car elle aurait appris ainsi davantage sur ce pays qu'elle trouvait chaque jour un peu plus fabuleux.

Dans l'après-midi du second jour de leur visite, ils avaient assisté à une démonstration d'art équestre. A la fin du divertissement, lord Branscombe et le rajah s'écartèrent des assistants sous prétexte d'inspecter les troupes, mais Latonia soupçonna que c'était aussi pour avoir un entretien privé.

La jeune fille sentit que les membres les plus âgés de l'entourage du prince étaient inquiets de cet aparté. Ils tournaient la tête en direction des deux hommes en grande conversation, oubliant complètement Latonia qui se tenait à l'écart. Lorsque lord Branscombe et le rajah les rejoignirent enfin, elle nota leur soulagement.

Le lendemain, au moment des adieux, elle fut frappée de l'éloquence particulière de lord Branscombe quand il remercia le jeune prince de son hospitalité. Apparemment leur hôte semblait enchanté, mais en même temps il n'avait pas l'air fâché de les voir partir.

Une fois de plus, Latonia et lord Branscombe se remirent en selle. Tandis que l'escorte et les bêtes portant les bagages suivaient sans hâte, les bouviers aiguillonnaient de grands bœufs au regard mélancolique pour les faire marcher à la même allure que l'éléphant. Ils avaient quitté la ville de très bonne heure et, profitant de la fraîcheur matinale, lord Branscombe et Latonia devancèrent la caravane pour pousser un galop. En arrivant dans les montagnes, ils mirent leurs montures au pas afin de pouvoir bavarder plus aisément.

Latonia prit la parole la première :

– Que pensez-vous du rajah? Croyez-vous que sa province nécessite la présence d'un résident britannique?

Le silence qui suivit lui fit supposer que lord Branscombe refusait de lui répondre ou que, la trouvant trop curieuse, il désirait lui rabattre son caquet.

Cependant, il finit par laisser tomber :

– Puisque vous semblez si intéressée, peut-être me donnerez-vous vos impressions?

Latonia lui lança un regard rapide. Elle avait le sentiment qu'il la mettait à l'épreuve et voulait démontrer à quel point elle était stupide et frivole.

Elle choisit ses mots avec soin.

– Dès notre arrivée, j'ai remarqué que le rajah prenait de l'opium. J'ai aussi trouvé qu'il avait l'air un peu débauché pour un si jeune homme.

– Quoi encore?

– Il est possible que je me trompe, mais j'ai senti que son entourage et particulièrement les hommes plus âgés, étaient continuellement aux aguets. Quand vous avez parlé seul avec le rajah, hier après-midi, votre conversation les inquiétait visiblement.

Elle s'arrêta et surprit une lueur de franc étonnement dans les yeux de lord Branscombe.

– Vous êtes très observatrice, Latonia.

– Ai-je raison? Avaient-ils quelque chose à cacher?

Songeant aux tribus disséminées le long de la frontière, elle supposait qu'il s'agissait peut-être de la fourniture d'armes par les Russes au rajah, mais elle réfléchit que ces tribus étaient trop au sud pour que son hypothèse fût plausible.

– Je n'avais pas l'intention de discuter de ces problèmes avec vous, fit lord Branscombe, voyant qu'elle attendait avec anxiété sa réponse, mais je vais peut-être faire une exception.

– Je vous en prie, supplia Latonia. Dites-moi ce qui ne va pas.

– Rien de bien extraordinaire. Cela arrive souvent dans ces principautés.
– Qu'est-ce donc?
– Le rajah, qui a reçu une éducation européenne, a des idées nouvelles et assez progressistes, alors que ses cousins sont bien déterminés à garder leur *statu quo,* à ne rien changer de ce qui existe depuis mille ans.
– C'est pour cette raison qu'ils lui donnent de l'opium?
– Naturellement. L'opium et les femmes laissent peu de temps à un jeune homme pour s'occuper des réformes ou amorcer une autre politique.
– Donc, vous avez décidé de faire nommer un résident?
Lord Branscombe sourit.
– Cela pourrait arriver, mais j'ai donné une chance de faire ses preuves à sa Grandeur.
– Ah oui?
– Je lui ai suggéré de renoncer à la drogue, et de passer davantage de temps avec son peuple que dans les quartiers du palais réservés aux femmes.
– Qu'a-t-il répondu?
– Il est intelligent, quand son cerveau n'est pas embrumé par l'opium et, comme je l'ai beaucoup flatté, il ne s'est pas senti offensé. Je lui ai conseillé de se conduire en homme et de s'affirmer.
– Croyez-vous qu'il tiendra compte de vos conseils?
– Très franchement, je n'en sais rien. Mais il a fort bien compris que, s'il ne changeait pas de conduite dans les six mois qui viennent, je ferais un rapport au vice-roi pour demander la nomination d'un responsable.
Latonia poussa un soupir.
– J'espère qu'il vous écoutera!

– Moi aussi, et j'espère surtout qu'il n'en mourra pas.

Latonia écarquilla les yeux.

– Que voulez-vous dire?

– Il y a différentes manières de se débarrasser des jeunes rajahs qui essaient de rompre avec des traditions considérées comme sacrées.

– Que se passe-t-il?

– Ils meurent, d'une façon ou d'une autre. Ils ont un accident regrettable : ils font une chute ou ils sont piqués par un serpent, ou bien encore ils avalent comme par hasard un plat empoisonné. Les Indiens utilisent ces méthodes depuis la nuit des temps.

– Je trouve ces pratiques horribles et très dangereuses, fit Latonia d'une voix sourde.

– Alors, oubliez-les, répondit sèchement lord Branscombe. La situation sera peut-être tout autre à notre prochaine visite.

L'étape suivante se situait plus au nord, et ils passèrent deux nuits dans le train avant d'arriver à destination. Là encore, Latonia fut fascinée par la foule des badauds et des voyageurs dans les gares, et par les contrées qu'ils traversaient.

Elle remarqua qu'à cause de la sécheresse, les villages n'étaient souvent qu'une minuscule oasis de verdure dans un paysage quasi désertique. Il y avait quelques arbres, un jardin avec un puits au milieu, et un abreuvoir pour le bétail et les grands buffles. Latonia apprit avec intérêt que, dans les bourgades, les Anglais avaient leurs bureaux administratifs, leurs magasins, leurs postes de police, leurs hôpitaux et, bien sûr, leurs casernes.

C'était passionnant... et elle regardait, le nez collé à la vitre de la portière, jusqu'au crépuscule, qui tombait doucement comme un rideau que l'on tire en attendant l'apparition des étoiles.

Bien que lord Branscombe fût la plupart du temps entièrement absorbé dans la lecture des journaux, ou occupé à rédiger des rapports sur les Etats qu'ils venaient d'inspecter, il prenait quand même la peine de bavarder avec Latonia pendant les repas.

Dans les gares importantes, on leur apportait des plats variés qui avaient tous le même goût, quel que soit leur nom, et la poussière malgré les portes et les fenêtres closes, envahissait les moindres recoins du compartiment.

Cependant, en dépit de ces petits inconvénients, Latonia vivait avec enthousiasme cette aventure surprenante.

La jeune fille avait déjà défini l'atmosphère de l'Inde : senteurs d'épices et de fumée, son lointain des tam-tams, trace légère des pieds nus sur le sol poudreux.

Elle avait l'impression que sa vie, jusqu'à présent, s'était déroulée dans un rêve et qu'elle se réveillait enfin, comme le phénix qui renaît de ses cendres.

Parfois, comme s'il ne pouvait résister à l'émerveillement qui brillait dans ses yeux, lord Branscombe abandonnait son air cynique ou méfiant pour répondre à ses questions.

Ils arrivèrent dans l'Outa, particulièrement pittoresque. On y trouvait des lacs, des sanctuaires, et les cavaliers à fines moustaches, en habit rouge, portaient au côté une épée recourbée. Les femmes à peau dorée avaient une allure royale et portaient fièrement le *lotah* de bronze sur leurs fronts altiers.

Ils avançaient parmi une foule mouvante, colorée

de turbans et de saris vermillon, ambre, turquoise et vert cru.

Le palais blanc était bâti sur une crête, avec des minarets, des fenêtres à la grecque, des arches et des balcons. A travers trois immenses portes grillagées, Latonia aperçut une rangée d'éléphants enchaînés. Le rajah, un vieil homme à barbe blanche, régnait depuis plus de trente ans. Sans aucun doute, il exerçait une grande influence sur son peuple soucieux de lui plaire, et son moindre désir faisait loi.

Latonia pensa que, dans ces conditions, lord Branscombe ne trouverait rien à redire. Cependant, à son contact, elle avait acquis une sorte de sixième sens, et elle devina qu'il n'était pas satisfait.

Ils restèrent trois jours. On leur permit de se rendre dans le gynécée avec ses cours intérieures, sa fontaine et le *neem*, arbre sacré dont les feuilles duveteuses possèdent des vertus médicinales. La *rana* était très jeune et jolie, mais ne parlait malheureusement que quelques mots de urdu et pas du tout anglais.

Latonia essaya de communiquer par gestes avec elle et ses servantes; elle lui montra ses bijoux, ce qui se révéla particulièrement laborieux, et la jeune fille fut soulagée quand la visite s'acheva.

On les conduisit à la gare la plus proche dans une calèche tirée par deux chevaux.

– Quelle est votre opinion? demanda impatiemment Latonia, alors qu'ils saluaient leurs hôtes d'un geste de la main, et que les Indiens jetaient des fleurs sur leur passage.

– J'attends votre verdict, répliqua lord Branscombe.

– Je pensais que tout allait bien, mais il me semble que vous ne partagez pas mon avis.

– Cela vous étonne?
– Pas vraiment. Depuis que je vous connais, je vous ai toujours trouvé très méfiant.
– Vous voulez dire envers vous?
– Oui.
– En effet, vous êtes comme la province de l'Outa : toutes deux trop parfaites pour être honnêtes.
– Je suis flattée, dit Latonia. Alors, qu'avez-vous découvert?
– Rien, et cela m'intrigue. Vous l'avez dit : ce « rien » me rend soupçonneux.
– Quelles sont vos intentions?
– Que puis-je faire? De toute façon, je n'ai pas encore reçu les rapports de ceux qui travaillent pour nous en Outa.
Un instant, Latonia parut surprise, puis elle se trouva stupide. Bien sûr, parmi les serviteurs, il y avait des Indiens plus intelligents que les autres, et quelques-uns étaient employés par lord Branscombe pour espionner les gens qu'il visitait.
Latonia se sentit mal à l'aise. Lord Branscombe enchaîna comme s'il devinait sa pensée :
– Vous me blâmez?
Latonia répondit avec franchise :
– Je trouve cette méthode assez... déloyale, pas très « fair play » comme nous disons en Angleterre.
Lord Branscombe se mit à rire :
– L'Angleterre n'est pas l'Inde. Vous pouvez être sûre que le rajah ou n'importe lequel de nos hôtes s'attend à être surveillé par ceux qui m'accompagnent, et ils s'arrangeront pour être à l'abri de tout soupçon.
– Cela ressemble à un jeu.
– Mais c'est un jeu! s'exclama lord Branscombe.

En tant que conquérants des Indes, nous avons notre idée sur ce qui est juste et droit, alors que les Indiens, naturellement, font tout ce qu'ils peuvent pour entraver notre action. Ils considèrent leur point de vue comme seul valable, uniquement parce qu'il est enraciné dans la tradition.

– Mais... avez-vous le droit de vous mêler de leurs affaires?

– Nous essayons, dans la mesure du possible, de ne pas le faire. Parfois nous sommes bien obligés d'intervenir quand il se passe des choses horribles, comme les crimes commis par les Thugs qui assassinent des milliers de personnes au nom de leur religion, ou bien pour mettre fin aux atrocités du *suttee* et aux mariages d'enfants. Pensez que la plupart des épouses n'ont pas cinq ans!

– Je comprends, fit Latonia.

– Il est aussi très important que notre empire ne soit pas évincé par une autre puissance.

– Vous faites allusion à la Russie?

Il hocha la tête sans répondre, peu désireux de poursuivre la conversation.

Elle demanda:

– Où allons-nous maintenant?

– Cette nuit, exceptionnellement, nous allons loger dans un campement où bivouaque un bataillon de mon régiment. (Devant l'air intéressé de Latonia, lord Branscombe reprit:) Je crains que vous ne trouviez la soirée assez morne, car je dînerai au mess et, bien sûr, les femmes n'y sont pas admises. D'autre part, je crois savoir que les officiers ne sont jamais accompagnés de leurs épouses à cette période de l'année.

– Cela signifie que je serai seule?

– Oui. Naturellement, vous serez sous la protection des sentinelles et des serviteurs qui veilleront sur vous.

« Piètre réconfort », se dit Latonia lorsqu'elle vit lord Branscombe, resplendissant dans son uniforme de lancier du Bengale, partir de bonne heure pour se rendre au mess.

Les casernements ne produisirent aucune impression sur Latonia. Ils ressemblaient à n'importe quelle caserne du régiment des Indes, avec des bâtiments de brique et de plâtre pour les soldats anglais et des huttes pour les Indiens. Sur le terrain d'exercices en terre battue, sans une tache de verdure ni de couleur, des enfants jouaient, qui paraissaient affaiblis par la chaleur et, probablement aussi, par une mauvaise alimentation.

Malgré tout, leur bungalow situé dans les environs du camp possédait un jardinet, ce qui lui donnait un aspect un peu plus riant. Les pièces étaient disposées comme à l'ordinaire, et le mobilier de série était quelque peu défraîchi. A l'extérieur, l'inévitable escalier de bois descendait jusqu'au gazon pelé.

Après cette longue route, depuis le matin, Latonia fut assez contente finalement de ne pas assister au dîner. Elle aurait été obligée de bavarder avec les officiers qui préféraient certainement s'entretenir avec lord Branscombe. A chacune de leurs étapes, il y avait toujours des militaires pour les accueillir et passer une demi-heure, parfois même une heure entière avec eux pendant l'arrêt du train.

Ils discutaient à voix basse avec lord Branscombe afin que Latonia n'entendît pas ce qu'ils disaient.

« Il est sûrement chargé d'une mission importante, pensait la jeune fille et, visiblement, il les impressionne! »

Ce n'était pas surprenant. Lord Branscombe avait

une très forte personnalité. Grâce à un avancement exceptionnellement rapide, il faisait un peu figure de héros, et Latonia comprenait aisément l'envie qu'avait pu ressentir le frère de lord Branscombe devant un être aussi intelligent.

Latonia l'imaginait menant ses troupes à la bataille, sabre au clair, suivi par des hommes prêts à mourir s'il le fallait. Puis elle faisait un effort de réalisme : lord Branscombe était à la tête de ces combats, mais il laissait certainement l'élan et la gloire aux jeunes qui étaient sous ses ordres.

Les sentinelles l'observaient avec respect tandis qu'il s'éloignait du bungalow. Il monta dans la voiture qui était venue le chercher.

Latonia s'assit dans le salon et prit un livre. Il faisait très chaud et le voyage l'avait épuisée. Peu à peu, elle sentit ses paupières s'alourdir et éprouva une difficulté croissante à se concentrer sur sa lecture.

On lui servit son dîner un peu plus tard. Toujours aussi fade et aussi monotone, il se composait de la sempiternelle soupe brune, d'un poulet étique, et d'un pudding au caramel. Apparemment, ce dessert était le plat favori de toute memsahib aux Indes et elles avaient dû l'apprendre aux servantes qui le trouvaient facile à préparer.

« Je suis sûre que si l'on me permettait de m'occuper de la maison, j'aurais un peu plus d'imagination en matière de cuisine », soupira Latonia. Mais oserait-elle suggérer à lord Branscombe de lui laisser le choix des menus s'ils séjournaient assez longtemps quelque part ?

Son repas achevé, elle retourna au salon où l'on avait allumé une lampe à pétrole, et elle reprit son livre.

Etait-ce le lent balancement du *pumka* au-dessus

de sa tête ou ses pensées qui se transformaient en rêves agréables, mais les mots se mirent à danser devant ses yeux et elle s'endormit.

Elle s'éveilla en sursaut en entendant un bruit de roues suivi d'un cliquetis de harnais et du claquement des fusils des sentinelles rendant les honneurs.

« Voilà lord Branscombe », pensa-t-elle.

Elle s'assit vivement sur le canapé, heureuse de le savoir de retour et de ne plus être seule. Ses pas résonnèrent sous la véranda et, lorsqu'il entra, sa présence parut emplir toute la pièce. La lumière de la lampe fit scintiller les décorations sur sa poitrine.

Il avait dans les yeux une expression étrange et indéchiffrable

– Je pensais bien que vous n'étiez pas encore couchée, fit-il. Aussi ai-je amené quelqu'un, que vous aurez certainement plaisir à revoir.

Les dernières paroles de lord Branscombe la mirent immédiatement sur ses gardes. Il avait dit « revoir ». C'était donc quelqu'un qui connaissait Toni.

Tandis qu'elle devinait le danger imminent, un homme entra. Elle se demanda désespérément qui cela pouvait être.

Il portait le même uniforme que lord Branscombe, mais il était moins grand et, malgré sa jeunesse, sa figure mince était déjà marquée.

Latonia ne savait que faire ni que dire. Lord Branscombe l'observait, attendant sa réaction face au nouvel arrivant.

Il dit enfin d'un ton railleur :

– Je suppose que vous vous souvenez d'Andrew Luddington.

Latonia reprit son souffle et son regard se tourna

vers le visiteur et vit sa stupéfaction et même son ébahissement. Un instant sans voix, il finit par déclarer, d'une voix posée :

– Je suis désolé, monsieur, il doit y avoir un malentendu. Je croyais avoir compris que votre nièce était avec vous.

Ce fut au tour de lord Branscombe d'être ahuri.

– Mais... c'est ma nièce !

Un sourire fugitif effleura les lèvres d'Andrew Luddington.

– Peut-être, monsieur, mais je m'attendais à rencontrer Latonia Combe que j'ai connue à Londres. On l'appelait d'ailleurs Toni. Naturellement, j'aurais dû deviner qu'elle ne serait pas tentée de venir aux Indes alors qu'elle s'amuse tant en Angleterre. (Avec une note d'amertume, comme si la déception de ne pas retrouver celle qu'il avait espéré revoir lui était pénible, il reprit brusquement :) Je vous prie de m'excuser, monsieur, je vais rentrer. Il est inutile de faire attendre les chevaux.

Visiblement, c'était un prétexte poli pour prendre congé, et lord Branscombe raccompagna Andrew Luddington dans la véranda.

Latonia resta immobile jusqu'au départ de la voiture et, l'espace d'une seconde, elle se dit qu'elle ferait bien de partir aussi. Elle aurait préféré aller se cacher au fond du jardin plutôt que d'affronter lord Branscombe, mais un sentiment de fierté inconnu, la retint; elle attendit avec fermeté.

Lord Branscombe entra dans le salon, referma la porte avec un regard mettant Latonia au banc des accusés.

– Il me semble que je suis en droit d'exiger une explication ?

– Je suis désolée... de vous avoir... trompé.

– Si vous n'êtes pas ma nièce, alors, au nom du ciel, qui êtes-vous?

– Je suis... Latonia Hythe.

Elle remarqua une lueur d'intérêt dans ses yeux à l'énoncé de son nom. Après un silence, il demanda :

– Vous voulez dire que vous êtes la fille d'Arthur et d'Elizabeth Hythe?

– O... oui.

– Je savais qu'ils en avaient une, nous en avions parlé ensemble, mais pourquoi diable êtes-vous ici à la place de ma nièce?

Devant le ton de lord Branscombe et la colère implacable qui se lisait sur son visage, Latonia sentit sa voix mourir dans sa gorge et balbutia, affolée :

– Toni... ne pouvait pas quitter... l'Angleterre... en ce moment.

– Comment cela, elle ne pouvait pas?

– Elle... elle est... amoureuse!

Latonia eut du mal à prononcer ces mots qui lui étaient venus aux lèvres presque malgré elle.

– Ce n'est pas la première fois, dit lord Branscombe d'un ton cinglant. Alors, parce que mademoiselle se croit éprise d'un malheureux qu'elle traitera certainement de la même façon que ce pauvre Luddington, vous avez monté toutes les deux cette incroyable comédie?

– Toni... est amoureuse comme elle ne l'a encore... jamais été, fit Latonia doucement.

– Si c'était une excuse pour ne pas obéir à mes ordres, elle aurait pu au moins avoir le courage et la décence de me le dire.

– L'auriez-vous écoutée?

Latonia eut l'impression d'avoir été impertinente.

Lord Branscombe marchait de long en large; il finit par répondre :

– J'aurais dû avoir des soupçons en vous voyant tellement différente de ce que j'attendais. Néanmoins, j'ai peine à imaginer une attitude plus honteuse, plus sournoise que celle qui vous a poussée à vous faire passer pour ma nièce, et à me mettre dans une telle situation. Tous ces mensonges! Toutes ces dissimulations!

– Je suis... navrée, s'écria Latonia, sincèrement... navrée.

– C'est bien le moins!

Lord Branscombe se tut, et Latonia ne trouva rien à ajouter.

– Peut-être ceci apportera-t-il un éclaircissement à votre conduite impensable? On me l'a remis quand je suis arrivé au mess, et comme c'était un télégramme, je l'ai ouvert, craignant une mauvaise nouvelle.

Il tendit le papier à Latonia qui le prit de ses mains tremblantes. Sous le regard terrible de lord Branscombe, elle eut quelque peine à fixer son attention sur ce qu'elle lisait.

Tout à coup, les mots semblèrent lui sauter au visage.

« Nous nous sommes mariés ce matin. Le père d'Ivan est mort la semaine dernière. Follement heureuse. Baisers. »

Latonia poussa un profond soupir de soulagement.

– Ce n'est pas une mauvaise nouvelle, au contraire.

– Après ce message, je présume que vous allez m'apprendre le mariage de ma nièce?

– Oui, elle est mariée et, comme le père de son

mari est mort, elle est maintenant duchesse de Hampton!

Latonia pensait que ses paroles allaient adoucir la colère de lord Branscombe. Maintenant que Toni était duchesse, aucun tuteur, même parfaitement irascible, ne pourrait nier que, socialement, c'était une brillante réussite.

Elle poursuivit, avec une lueur de défi au fond des yeux :

– Mais, pour Toni, le fait que son mari soit noble n'a aucune importance. Elle l'aime pour lui-même et il en va de même pour Ivan. A présent, ils vont pouvoir être heureux ensemble.

– Quel enchantement! répondit lord Branscombe sarcastique, et je suppose qu'en prenant part à ce complot diabolique vous n'avez pas réalisé dans quel guêpier vous vous fourriez. (En voyant l'embarras de Latonia, il reprit avec rudesse :)

– Vous êtes trop intelligente pour ne pas vous rendre compte de la situation. En voyageant seule avec un homme et en vous faisant passer pour sa nièce, alors que nous n'avons aucun lien de parenté, votre réputation est perdue à tout jamais.

Il parlait d'un ton si virulent que Latonia, sans entendre ce qu'il disait, sentait ses joues s'empourprer.

– ... Je vais rentrer à la maison... immédiatement, et personne ne le saura, fit-elle vivement.

– Et vous croyez que c'est possible? Les journaux vont sûrement annoncer le mariage de Toni, surtout s'il s'agit d'un duc! Beaucoup de gens aux Indes et en Angleterre savent pertinemment que je n'ai qu'une seule nièce.

– Personne ne me connaît. Comme vous le savez, mon père et ma mère sont morts. J'ai vécu paisiblement depuis, dans le village, seule avec une vieille gouvernante en guise de chaperon, excepté quand Toni était au château. (Elle poursuivit, dans l'espoir qu'il comprendrait :) Toni a pris ma place quand je suis partie mais, même si quelqu'un apprenait que je suis allée aux Indes, cela ne lui dirait pas grand-chose. Pourquoi irait-on supposer que j'y ai séjourné avec vous?

– Quoi qu'il en soit, répliqua lord Branscombe, je suis sidéré par votre inconscience. Moi qui vous prenais pour une personne sensée! (Il attendait visiblement une riposte de Latonia, mais, devant son mutisme, il ajouta :) Vous n'avez rencontré personne sur le bateau, parce que je ne le voulais pas, mais vous pouvez être certaine que beaucoup de passagers savaient qui nous étions, et qui vous étiez censée être. (Latonia tenta de l'interrompre, mais il enchaîna :) Depuis notre arrivée, vous avez croisé beaucoup d'officiers qui ont certainement raconté à leur épouse qu'ils vous avaient été présentés. Comme elles n'ont pas grand-chose à faire, elles ont probablement bavardé avec les autres femmes sur les raisons de notre voyage.

La voix de lord Branscombe devenait de plus en plus accusatrice et indignée à mesure qu'il parlait. Latonia tremblait de tous ses membres, mais elle ne baissait pas les yeux.

Il blâmait sa conduite certes, mais il avait l'air de vouloir, malgré tout, la garder prisonnière.

Sa réaction, bien que prévisible, était inévitable. Latonia frissonna.

– Je ne peux rien... faire, sinon... disparaître, fit-elle d'une voix éteinte. J'espère que les gens m'oublieront. Peut-être pourriez-vous dire que je suis... morte comme papa et maman?

Elle eut un petit sanglot et lord Branscombe répondit sur un ton légèrement radouci :

– Il n'y a qu'une solution, et si elle ne vous convient pas, vous n'aurez à vous en prendre qu'à vous-même.

– La... laquelle?

– La seule façon de sauver votre réputation, c'est de nous marier.

Pendant quelques instants, Latonia douta d'avoir bien entendu. Elle s'était sans doute trompée. Alors, il ajouta, hors de lui :

– Il n'y a rien d'autre à faire; je dirai à ceux qui vous connaissent que nous avons été obligés d'agir ainsi parce que nous nous sommes mariés sans attendre la fin du deuil d'usage après la mort de vos parents. (Il redevint, à nouveau, cynique en faisant remarquer :) On vous accusera probablement d'être fourbe, sans cœur, mais ce n'est rien en comparaison de ce qui adviendrait si l'on découvrait la vérité.

– Mais je vous l'ai déjà dit... Je ne suis... rien. Je vais... disparaître.

– Vous croyez cela? rugit lord Branscombe. Ma chère enfant, vous serez exclue de toutes les maisons respectables d'Angleterre et ce, pour le reste de votre vie. (Il marqua une pause.) ... Un seul murmure sur notre voyage et, croyez-moi, il y en aura, et toutes les femmes honorables que vous rencontrerez s'écarteront de vous comme d'une pestiférée, de peur d'être contaminées.

– Ce qu'elles penseront... ne sera pas vrai.

– Elles sont toutes disposées à croire le pire, fit lord Branscombe avec aigreur. Apprenez qu'on ne pardonne pas les fautes d'une femme et qu'on lui rappelle toujours ses erreurs.

– J'ai... j'ai seulement essayé d'aider Toni. Elle aime le marquis et son père voulait lui faire épouser une princesse allemande. Elle savait... que, si elle partait, on aurait poussé son fiancé à ce... mariage.

– Je vois. Cet Ivan est sans doute un jeune écervelé sans aucune volonté. Il va être mené par le bout du nez par ma nièce dont la conduite me fait honte.

– Vous déformez... tout. Tout devient affreux avec vous, cria Latonia à bout de patience. Le marquis adore Toni, je vous le jure ! Et elle l'aime comme elle n'a jamais aimé. Je les ai vus ensemble, et je vous promets qu'ils étaient sincères. (Elle reprit son souffle pour se donner du courage avant d'ajouter :) Je sais très bien que vous refuserez de me croire parce que vous êtes trop en colère contre Toni. Vous avez dit des horreurs en me prenant pour elle. Mais ce n'est pas sa faute si les hommes tombent amoureux d'elle. Elle est tellement jolie, tellement séduisante ! (Elle hésita un instant, puis poursuivit :) Cela a toujours été ainsi, depuis son enfance. On ne peut pas résister à Toni.

– Pensez-vous que cet attrait justifie une telle situation, ou que cela excuse qu'elle se soit servie de vous ?

– Je vous répète que ceci n'a aucune importance pour moi. J'ai toujours mené une vie retirée à cause de notre manque d'argent. Toni est plus qu'une sœur pour moi. Nous sommes comme des jumelles. Ce que j'ai fait pour elle, je l'ai fait avec joie et je suis prête à en subir les conséquences... sans me plaindre.

La sincérité de sa voix sembla résonner dans le petit salon.

– Mais cela ne me dispense pas de mes devoirs, fit lord Branscombe après un silence. J'ai eu tort. Si j'étais allé chercher ma nièce moi-même au château, rien ne serait arrivé.

– Ne vous culpabilisez pas, répliqua Latonia. Toni était fermement décidée à ne pas quitter le marquis. Elle aurait trouvé autre chose pour ne pas vous accompagner. (Lord Branscombe serra les lèvres. Elle reprit :) Je conçois parfaitement que cela soit difficile pour vous mais, je vous en prie, essayez de comprendre. Toni n'est pas aussi mauvaise que vous l'imaginez. Elle est impulsive, imprévisible parfois. Elle aime tellement la vie! Son existence au château a été terriblement triste. (Lord Branscombe parut surpris.) ... Un jour, alors que nous rentrions dans notre petite maison en laissant Toni à Branscombe, maman a dit qu'elle avait le cœur serré de quitter cette petite fille si seule.

– Je croyais que mon frère, avec sa position et son énorme fortune, avait donné à ma nièce tout ce qu'elle pouvait désirer.

– Tout... excepté l'amour, fit doucement Latonia. Voilà ce qui lui manquait... L'amour, et des gens qui s'aiment autour d'elle comme s'aimaient papa et maman. (Lord Branscombe l'écoutait avec attention et elle continua avant qu'il prenne la parole :) Vous avez vu papa et maman ensemble. Ils étaient avec vous juste avant leur mort. Vous avez vu combien ils étaient heureux. Ce n'était pas l'argent qui comptait, chez nous, mais le bonheur créé par cet... amour que Toni n'a jamais connu.

Les yeux de Latonia s'emplirent de larmes. Elle voulait absolument qu'il comprenne la raison du comportement de Toni mais il lui était impossible d'évoquer la disparition de ses parents, encore trop récente, sans éclater en sanglots.

Le regard brouillé, elle se détourna de lord Branscombe et se dirigea vers la porte.

Au moment de sortir, elle lança :

– Je suis... désolée. Je vous prie de m'excuser

pour tout ce que j'ai fait... pour tous les mensonges que je vous ai racontés. Je sais que maman aurait été... scandalisée de ma conduite, mais je n'avais pas d'autre moyen... pour que Toni restât auprès du marquis. Peut-être, en y réfléchissant, aurez-vous l'indulgence de nous pardonner à toutes deux?

Elle se tut. Des larmes jaillirent et roulèrent sur ses joues.

Elle ne voulait pas montrer son chagrin à lord Branscombe et elle quitta brusquement le salon pour se réfugier dans sa chambre.

6

Latonia pleura longtemps dans son lit, aussi eut-elle l'impression qu'elle venait juste de s'endormir lorsqu'elle entendit cogner à sa porte.

– Qu'y a-t-il ? demanda-t-elle.

– Lord sahib part dans une heure, memsahib, répondit le serviteur.

– Je serai prête, réussit à articuler Latonia.

Elle se leva et s'habilla en toute hâte mais, quand elle arriva dans la véranda où l'on servait habituellement le petit déjeuner, lord Branscombe n'était déjà plus là.

Elle pensa qu'il était allé rejoindre ses hommes, et fut heureuse de ne pas avoir à l'affronter après la tempête de la veille.

Elle aurait dû prévoir que quelqu'un appartenant au passé de Toni surgirait un jour pour la confondre, mais elle était loin d'imaginer que ce pût être Andrew Luddington, ignorant qu'il servait dans les lanciers du Bengale. Elle comprenait maintenant la colère de lord Branscombe contre Toni qu'il accusait d'être responsable de la tentative de suicide du jeune homme. C'était un garçon sensible. Et, en outre, il servait dans le régiment de lord Branscombe.

– Quelle que soit l'opinion de sa Seigneurie, murmura Latonia pour elle-même, je maintiens que, pour avoir agi de la sorte, Andrew Luddington est un faible qui ne sait pas se contrôler.

Mais il était vain de le répéter à lord Branscombe. De toute façon, il continuerait à détester Toni, scandalisé par la comédie qu'elles lui avaient jouée toutes les deux.

Elle ne parvenait pas à le prendre au sérieux quand il affirmait que la seule solution pour racheter son inqualifiable conduite était d'accepter sa demande en mariage.

« C'est une simple menace. Il essaie de me faire peur », pensait Latonia.

Tout à coup, il lui vint à l'esprit qu'elle ne serait pas la seule à en supporter les conséquences si on découvrait la supercherie. Que lord Branscombe, représentant du vice-roi, pût emmener avec lui une jeune femme et la présenter comme une parente paraîtrait tout à fait répréhensible aux yeux de ses compatriotes.

« Je dois rentrer en Angleterre. Il faut que je quitte les Indes immédiatement », se répétait Latonia envahie par une panique soudaine.

Elle décida d'en parler à lord Branscombe dès son retour. Heureusement, elle avait de l'argent. Mais comment allait-elle se rendre à Bombay? Il lui était impossible d'effectuer ce voyage seule. Chaque minute qui passait semblait accroître les difficultés.

Lorsqu'enfin lord Branscombe revint, elle s'aperçut qu'elle n'aurait aucune chance de lui parler : il était accompagné de plusieurs officiers supérieurs, et déjà une voiture attendait pour les conduire à la gare, située à moins d'un mile du camp.

Latonia n'eut d'autre solution que de ramasser

son ombrelle, son sac et ses gants, et de monter dans la calèche à côté de lord Branscombe, en face des deux officiers.

En arrivant, ils trouvèrent, comme d'habitude, de nombreux serviteurs prêts à satisfaire leur moindre désir. Des wagons spéciaux avaient été rattachés au train qui allait vers le nord. Latonia eut l'impression que sur l'ordre de lord Branscombe, le départ avait été avancé. Elle constatait avec amusement qu'à tous les arrêts, le chef de gare attendait l'autorisation de lord Branscombe pour donner le signal au conducteur de la locomotive.

Les officiers leur firent des adieux rapides et, une fois de plus, la jeune fille se retrouva seule avec lord Branscombe dans le wagon-salon.

Elle le regardait avec appréhension. Le pli dur de sa bouche accentuait encore la sévérité de son visage. Il lui tendit un journal et Latonia remarqua qu'il s'agissait d'un *Times* datant d'au moins trois semaines. Visiblement, il n'avait aucune envie de parler. Elle se plongea donc dans sa lecture, mais elle eut quelque peine à se concentrer sur les difficultés de la politique intérieure, ou sur la réception donnée par la reine à Windsor en l'honneur de souverains étrangers.

Latonia fut étonnée quand le train s'arrêta, moins de trois quarts d'heure plus tard, dans une toute petite gare. Elle avait fini par s'habituer aux foules immenses, mais il n'y avait que deux ou trois indigènes sur le quai, qui contemplaient le train d'un air ébahi.

Elle aperçut un petit village d'où arrivaient en courant quelques personnes, surtout des enfants, très excités par ce spectacle inattendu. Sans doute l'arrêt n'était-il pas prévu et, pour la première fois depuis qu'ils avaient quitté le camp, elle s'adressa à lord Branscombe.

– Pourquoi nous arrêtons-nous ici?

– Je vous le dirai dans quelques instants.

Surprise, elle allait l'interroger à nouveau, quand un serviteur entra dans le compartiment avec des jus de fruits et des tranches de propaya.

Latonia but son verre, très intriguée, mais lord Branscombe s'absorba dans ses journaux et elle se tut. Au bout d'une vingtaine de minutes, un des serviteurs qui voyageaient avec eux fit irruption dans le wagon.

Il s'approcha de lord Branscombe et murmura à voix basse :

– Tout est prêt, lord sahib.

Lord Branscombe se leva :

– Venez, Latonia.

La façon dont il prononça ces paroles la glaça.

Ils descendirent sur le quai et elle vit une carriole rustique, tout à fait différente des attelages élégants qu'ils avaient empruntés jusqu'ici. Elle était tirée par un jeune cheval qui, quand ils furent installés sur les sièges peu confortables, se mit en marche d'un pas tranquille.

De nombreux gamins les suivaient ou couraient à côté de la charrette sur la route poussiéreuse en tendant la main pour réclamer quelques sous. Tout ce remue-ménage empêcha Latonia de poser des questions. Elle se sentait mal à l'aise; elle devinait que lord Branscombe n'avait aucunement l'intention de lui dire ce qu'elle désirait savoir.

Le cheval se mit à trotter et, peu à peu, les enfants s'égaillèrent. Aux abords du village, Latonia remarqua un petit bâtiment avec un toit de zinc et, avant même de distinguer la croix, Latonia, épouvantée, tourna son visage vers lord Branscombe.

– Mais c'est une église! Je vous en prie... Ne faites pas ça... C'est mal.

– Nous n'avons pas le choix, répondit-il sur un ton qui n'admettait pas de réplique.

Elle voulut protester, supplier mais, à ce moment précis, un homme maigre apparut à la porte de l'église. Il portait une soutane noire, et Latonia pensa que ce devait être un missionnaire. Lord Branscombe descendit de la carriole en la tirant par le bras. Le pasteur les accueillit en ces termes :

– Votre serviteur m'a dit que vous désiriez vous marier, monsieur Combe?

– C'est exact, dit lord Branscombe, et voici ma future épouse, Mlle Hythe.

Le pasteur serra la main de Latonia et ils entrèrent dans la chapelle. L'intérieur était fruste : les murs nus et l'absence de fleurs et de cierges firent supposer à Latonia qu'il devait s'agir d'une église presbytérienne.

Le pasteur avait certainement reçu des instructions pour mener les choses rondement, car il s'empara rapidement de son livre de prières, et debout face à lord Branscombe et à Latonia, il commença sur-le-champ la cérémonie du mariage.

Le train poursuivait sa course vers le nord. Latonia avait l'impression de vivre un rêve. Elle ne parvenait pas à croire qu'elle s'était mariée d'une manière aussi étrange, aussi austère avec lord Branscombe. Il lui était impossible d'imaginer qu'ils étaient à présent mari et femme.

La seule chose réelle, dans cette aventure, était cette chevalière en or que lord Branscombe portait habituellement au petit doigt et que Latonia avait dû glisser à son médius car elle était trop large.

Cette bague représentait pour elle, à présent, une chaîne faisant d'elle une prisonnière pour la vie.

Ainsi, elle était vraiment mariée? Elle était devenue l'épouse de cet homme qui la détestait, qui la méprisait et qui l'avait forcée à l'épouser simplement parce que Toni et elle l'avaient dupé?

« Que puis-je faire? » se demandait désespérément Latonia. Mais elle ne trouvait pas de réponse.

Ils arrivèrent à destination tard dans l'après-midi, à l'heure où la chaleur commençait à tomber.

Latonia aurait aimé savoir où ils se rendaient, mais elle était trop effrayée pour oser ouvrir la bouche. Elle s'était contentée de regarder par la portière les immenses plaines qu'ils traversaient, qui s'étendaient à l'infini et qui semblaient être le symbole de la platitude, du vide de leur propre avenir.

Ils atteignirent la ville et Latonia retrouva la vision désormais familière du bazar avec ses montagnes rutilantes de fruits, de légumes et de céréales. La foule grouillante, agitée, s'écartait pour laisser passer les grandes vaches indolentes des Brahmanes, consacrées à Shiva.

Latonia jeta un coup d'œil aux étalages où l'on vendait des bracelets de verroterie et des saris scintillants bleus, or et vert cru.

Ils découvrirent un palais aux minarets étincelants et dont les croisées avaient grand besoin d'être repeintes.

Les inévitables courtisans leur souhaitèrent la bienvenue et les reçurent dans la salle du trône. Le rajah, un homme d'âge mûr, parut à Latonia moins affable que leurs hôtes précédents. Il ne se montrait pas vraiment discourtois mais la jeune fille lui trouva quelque chose de cruel et même d'un peu pervers. Ce n'était qu'une impression et elle se demanda si lord Branscombe la partageait.

Cependant, fidèle à lui-même, ce dernier se montra fort amical et présenta au rajah, au nom du vice-roi, les compliments d'usage dans l'est.

Pour la première fois, lord Branscombe présenta Latonia comme sa femme.

– J'ignorais que vous étiez marié, milord, fit le rajah dans un anglais très correct.

– Je rentre à peine d'Angleterre, expliqua lord Branscombe, et peu de gens savent que ma femme voyage avec moi.

– Je suis honoré d'être l'un des premiers hôtes de sa Seigneurie. Naturellement, on doit fêter un pareil événement. J'espère, lord Branscombe, que vous apprécierez nos danseuses.

– Nous sommes très sensibles à cette attention, répondit lord Branscombe, devançant Latonia.

La maison des invités ressemblait à toutes les autres et, parmi le nombre impressionnant de serviteurs qui les attendaient, il s'en trouvait au moins un pour les épier et rapporter leurs conversations au palais.

Leur hôte était musulman. Les Branscombe pourraient donc dîner avec lui ce soir-là, alors que le rajah précédent, qui était hindou, avait pris ses repas seul.

Latonia revêtit une de ses plus belles robes car, malgré l'animosité que lui témoignait lord Branscombe, elle tenait à lui faire honneur.

Bien que l'on eût pu s'attendre à ce qu'une lady portât des bijoux, son cou était nu et la bague d'or qui brillait à son doigt constituait son unique parure. Elle était nerveuse et l'arrangement de sa coiffure lui prit davantage de temps qu'à l'ordinaire.

Enfin, elle fut prête; lord Branscombe attendait déjà dans le salon, un air d'impatience sur le visage.

– Je suis... désolée, commença-t-elle, mais il sortit de la pièce avec un geste irrité, et elle le suivit jusqu'à la calèche qui devait les emmener.

Ils franchirent en silence les quelques centaines de mètres les séparant du palais. Durant ce court trajet, Latonia eut le temps, malgré tout, d'imaginer avec terreur ce qu'allait être sa vie avec un homme aussi inabordable que les pics neigeux de l'Himalaya.

Ils furent reçus avec le cérémonial maintenant familier à Latonia. Le rajah, plus resplendissant encore qu'à leur arrivée, étincelait de bijoux. Cependant, Latonia retrouva la même lueur maléfique dans ses yeux et dans le feu de ses émeraudes dont l'éclat lui parut de mauvais augure.

« Je me fais des idées », se dit-elle.

Comme elle l'avait déjà remarqué tout au début, chez le jeune prince, une incontestable hostilité se devinait chez les vieux dignitaires. Leurs lèvres souriaient, mais leurs regards restaient durs et méfiants.

« Il règne une atmosphère malsaine ici... tout à fait malsaine », pensa Latonia.

Elle brûlait de savoir si lord Branscombe s'en était rendu compte; mais, apparemment, il discutait très cordialement avec le rajah, et sa voix amicale, posée, n'avait rien de menaçant.

Latonia, très lasse et tourmentée, éprouvait quelque difficulté à s'intéresser aux danses et à suivre l'histoire mimée par les jeunes bayadères.

La musique, obsédante, lui rappelait son mariage. Toni avait télégraphié qu'elle était « follement heureuse », il n'en était pas de même pour elle. Elle avait rêvé de tomber amoureuse d'un homme qui l'aimerait comme son père avait aimé sa mère, et son rêve s'était soudainement brisé.

« Comment ai-je pu être assez folle pour ne pas avoir prévu ce qui est arrivé? »

Mais jamais, dans ses songes les plus extravagants, elle n'avait imaginé que cette comédie se terminerait par un mariage. Elle s'attendait à la colère de lord Branscombe, elle avait envisagé son renvoi en Angleterre, mais l'idée qu'elle dût l'épouser pour éviter un scandale qui les eût éclaboussés tous deux, ne lui avait jamais traversé l'esprit.

A présent, Latonia mesurait trop clairement son inconscience. L'Inde était si éloignée de l'Angleterre qu'elle espérait, une fois rentrée, effacer tout ce qui s'était passé sur ce continent du bout du monde. Elle aurait dû comprendre que lord Branscombe était un personnage important, continuellement en représentation et qu'il provoquait les bavardages et l'envie de ses semblables.

Bien que ce mariage lui parût monstrueux, Latonia était obligée d'admettre qu'étant donné les circonstances il n'aurait pu agir autrement. Lord Branscombe s'était montré très intelligent. Latonia était persuadée que le missionnaire, dans son petit village, ne lisait pas les journaux anglais ni même ceux que l'on trouvait aux Indes. Visiblement, cet homme se consacrait entièrement à ses ouailles et la vie mondaine ne l'intéressait guère.

Pour lui, Kenrick Combe était un Anglais comme les autres, et il était peu probable qu'il eût été impressionné par les hautes fonctions qu'occupait le lord.

« Lord Branscombe a fait preuve de clairvoyance, conclut Latonia, alors que moi, je ne suis qu'une imbécile. Je mérite entièrement la punition qu'il m'a infligée. »

Son sentiment de culpabilité l'obséda toute la soirée et, une fois de retour dans leurs appartements, elle se dit qu'elle devrait peut-être lui parler de ses inquiétudes au sujet du rajah. Mais, en arrivant dans le salon, ils furent accueillis par un serviteur. Avant qu'il eût quitté la pièce, lord Branscombe lança brusquement :

– Bonne nuit, Latonia. Dormez bien.

Sur ces mots, il disparut dans sa chambre.

Les deux portes étaient contiguës, mais Latonia avait l'impression qu'ils habitaient à des mondes l'un de l'autre. En se déshabillant, elle s'aperçut que les chambres communiquaient grâce à une autre porte qu'elle n'avait pas remarquée précédemment, dissimulée par un rideau de perles. De l'autre côté, elle entendait vaguement lord Branscombe qui faisait les cent pas.

Elle s'assit devant sa coiffeuse et, en fixant le miroir, elle songea tristement à ce qu'aurait dit sa mère si elle avait su qu'elle allait passer sa nuit de noces seule et en pénitence !

Mme Hythe avait souvent raconté à sa fille combien elle s'était sentie heureuse pendant sa lune de miel.

« Ton père était l'homme le plus beau, le plus séduisant que j'aie jamais vu, et quand nous nous sommes mariés, nous avons eu l'impression d'entrer au paradis. Plus rien ne comptait en dehors de nous deux. »

« Je veux connaître cet amour », s'écria Latonia avec violence.

Puis elle pensa avec mélancolie que sa stupidité lui avait ôté toute chance de le rencontrer.

Elle se coucha mais il lui fut impossible de trouver le sommeil. Elle prêta l'oreille aux bruits qui lui parvenaient par la fenêtre ouverte. Elle crut reconnaître le grincement de la poulie d'un puits, l'aboiement lointain d'un chien de paria, les pleurs d'un bébé, et la toux d'un vieil homme, peut-être un gardien de nuit. Les sons se mêlaient aux effluves du jasmin et de la fleur d'oranger, à l'odeur de la poussière brûlante et des pierres cuites par le soleil.

« Si j'aimais un homme, se dit Latonia, l'Inde ferait un décor parfait pour notre amour. »

Deux heures plus tard, elle était toujours éveillée et s'agitait dans ses draps, trempée de sueur. Elle décida d'aller se rafraîchir dans la salle de bains. L'eau serait sûrement tiédasse, mais cela lui ferait du bien.

Elle se leva et, en ouvrant la porte, elle entendit un murmure étrange, pareil à l'écho assourdi d'une caverne. Pendant un instant, elle resta immobile, la main sur la poignée, tremblante de peur. Puis elle réalisa qu'une voix s'exprimait en urdu, et que l'écho fantôme provenait du tuyau d'écoulement de la baignoire.

Elle avait déjà constaté le même phénomène dans la maison d'invités du premier rajah et s'en était effrayée, quoique ce fût en plein jour.

Sans doute quelqu'un parlait-il juste au-dessous de la salle de bains sans soupçonner que le tuyau servait de cornet acoustique.

La voix continuait et Latonia surprit quelques bribes.

– Il doit... mourir!

– Est-ce bien prudent? demanda une autre voix.

– Il le faut. Si le lord sahib découvre ce que nous cachons, nous allons avoir de sérieux ennuis.

– Mais nous en aurons d'autres si le lord sahib disparaît.

– Non, le datura, ce n'est pas comme le fusil ou le poignard. Si l'on en donne au lord sahib à son petit déjeuner, il mourra dans le train.

– Bonne idée!

Latonia retint sa respiration puis, très doucement, elle sortit de la salle de bains et retourna dans sa chambre. Ce qu'elle venait d'entendre était horrible. Elle savait ce qu'était le datura, et la façon dont ils avaient l'intention de supprimer lord Branscombe l'épouvanta.

Elle avait appris beaucoup de choses à ce sujet dans les livres lus sur le bateau. Le datura était une jolie plante qui poussait en abondance dans de nombreuses parties de l'Inde. Elle avait une odeur délicieuse et ses fleurs ressemblaient au lis. Mais ses graines vertes et brunes étaient appelées « pommes de la mort ». On utilisait ce poison particulièrement violent pour se débarrasser facilement de maris gênants, de femmes encombrantes et de parents trop âgés.

Dans un ouvrage soigneusement documenté, Latonia avait pu lire que c'était un poison très fréquemment utilisé qu'on réduisait en poudre pour le mélanger à la nourriture – le plus souvent au pain – et l'effet était foudroyant. Si on l'absorbait rapidement, même en petite quantité, la mort survenait très vite.

Elle devait avertir lord Branscombe sur-le-champ; elle allait se précipiter vers la porte donnant sur le couloir, quand elle fut alertée par un mouvement imperceptible. Un mouvement si léger qu'elle ne l'aurait certainement pas entendu si elle n'avait été éveillée. Elle comprit aussitôt : les domestiques, sans doute sur ordre du rajah, dormaient à l'extérieur. C'était la coutume, aux Indes, de protéger les invités de marque; maintenant seulement, Latonia réalisait à quel point ils étaient surveillés, et combien il lui serait difficile de prévenir lord Branscombe sans que leur conversation fût interceptée.

D'autres serviteurs dormaient aussi sous la véranda. Sans doute, ils ne comprendraient pas leurs paroles, mais il en allait différemment avec ceux qui couchaient dans le couloir et qui avaient probablement l'oreille collée aux portes entrebâillées à cause de la chaleur.

Elle hésita un instant, avec l'impression d'être cernée de tous côtés par un ennemi insidieux qui resserrait autour d'elle ses anneaux, comme un serpent.

Bien sûr, Latonia pouvait attendre le matin et suggérer à lord Branscombe d'aller faire une promenade avant le petit déjeuner pour admirer les fleurs. Là, ils pourraient peut-être parler hors de portée des oreilles indiscrètes.

« Mais, pensa-t-elle, et si les assassins décidaient de frapper avant? »

L'habitude anglaise d'être réveillé avec du thé et quelques tranches de pain beurré avait été introduite aux Indes par les sahib et leurs femmes. Ici, dans cette maison d'invités, un seul morceau de pain pouvait être fatal à lord Branscombe si elle n'avait pas le temps de l'avertir.

« Il faut que je le voie... maintenant... tout de suite », pensa Latonia, affolée. Il lui serait impossible de fermer l'œil si elle ne lui rapportait pas immédiatement ce qu'elle avait entendu.

A la fois terrifiée et terriblement intimidée, elle marcha résolument vers le rideau de perles et saisit la poignée de la porte. Elle craignit un instant que celle-ci fût fermée à clef, mais elle s'ouvrit sans difficulté et la jeune fille pénétra dans la pièce voisine, plus vaste que sa propre chambre; à travers la fenêtre sans rideaux filtrait une faible lumière provenant de la lampe qui restait allumée toute la nuit sous la véranda. Latonia distingua les contours du lit. Contrairement à la coutume du nord, la moustiquaire n'avait pas été baissée.

Latonia restait immobile dans l'obscurité, à réfléchir à ce qu'elle allait faire. Elle s'avança à pas de loup vers le lit, le bruit de ses pieds nus étouffé par les tapis tissés qui recouvraient le parquet. Elle était à présent toute proche de lord Branscombe quand celui-ci, toujours sur le qui-vive, en homme habitué au danger, ouvrit les yeux.

Il fit un mouvement et elle sut qu'il était éveillé, conscient d'une présence qui se détachait dans la faible clarté de la fenêtre.

– Que se passe-t-il? Qui êtes-vous? demanda-t-il. (Puis d'une voix incrédule, il s'exclama :) Latonia!

« Les serviteurs ont certainement entendu », songea Latonia, aussi dit-elle précipitamment, d'une voix forte :

– Vous... avez oublié... de me dire bonsoir. Je vous attendais. (Imaginant sa stupeur, elle ajouta rapidement :) Je... Je me suis endormie. Sans cela... Je serais venue... plus tôt.

Lord Branscombe restait muet et Latonia désespérait de se faire comprendre. Cependant, il fallait absolument empêcher le crime. Soudain, elle eut l'impression qu'une voix lui dictait la conduite à tenir.

Impulsivement, sans plus réfléchir, elle fit encore quelques pas et s'étendit sur le lit près de lord Branscombe.

Il sursauta mais elle n'y prit pas garde. La seule chose qui comptât, c'était de déjouer ce plan diabolique.

Latonia posa sa tête sur l'oreiller et lui murmura à l'oreille :

– J'ai quelque chose à vous dire.

Sa voix était si faible qu'elle l'entendait à peine elle-même. Néanmoins, il saisit enfin et déclara en haussant le ton :

– Je suis heureux que vous soyez venue me rejoindre. Je vous croyais endormie. La journée a été si longue...

Latonia murmura de nouveau :

– Vous êtes en danger. Ils ont l'intention... de vous tuer.

– Comment le savez-vous? interrogea-t-il à voix basse.

– J'ai surpris une conversation par le tuyau d'évacuation, dans la salle de bains.

Elevant de nouveau le ton, lord Branscombe enchaîna :

– Il ne faut pas trop vous fatiguer. J'ai peur que la réception de ce soir, après un aussi long voyage, vous ait épuisée.

– Non, je me sens bien.

– Comment veulent-ils me tuer? reprit-il dans un souffle.

– Avec du datura dans votre petit déjeuner, ou peut-être avant, si vous avalez quoi que ce soit. Je vous en prie... prenez garde.

– Soyez sans crainte, chuchota-t-il. (Puis il poursuivit, haut cette fois :) Nous allons avoir une étape très dure, demain. Aussi je vous conseille de regagner votre lit. J'espère ne pas vous réveiller en me levant.

– Oh, je vais dormir comme une souche! (Latonia baissa de nouveau la voix :) Et s'ils décident de changer de méthode? Je vous en supplie... ne bougez pas jusqu'à notre départ. (Inconsciemment, elle avait parlé plus fort. Se souvenant brusquement que des domestiques étaient dehors, elle ajouta doucement :) On nous écoute derrière la porte.

– Je sais. Et nous allons leur donner de quoi s'occuper.

Il leva la tête et posa ses lèvres sur celles de Latonia.

Pendant un bref instant, la jeune fille, ébahie, ne ressentit qu'un immense étonnement. Elle fut frappée par la dureté de la bouche de lord Branscombe, puis son baiser s'adoucit et se fit plus audacieux. On ne l'avait encore jamais embrassée et, pourtant, c'était bien ainsi qu'elle imaginait un baiser : l'impression d'être à la fois vaincue et victorieuse. Une chaleur étrange l'envahit. Son corps fut traversé par un courant qui enflamma sa poitrine, puis sa gorge et enfin ses lèvres.

C'était tellement délicieux, tellement inconnu que son être tout entier se tendit vers lui, émerveillé. Latonia comprit à cette seconde qu'elle avait enfin trouvé ce qu'elle cherchait, ce qu'elle attendait depuis toujours.

C'était l'amour, et elle ne l'avait pas reconnu !

Depuis quelques semaines, ce sentiment s'était précisé à son insu, emplissant sa vie et son esprit. Bien qu'elle s'en défendît, elle ne pensait qu'à cet homme du matin au soir. Sa peur, et même la haine qu'elle avait éprouvée pour lui, s'étaient transformées peu à peu en amour. L'amour qui la transportait aujourd'hui dans un monde éclatant, mystérieux, qui n'avait plus rien de terrestre.

Elle aurait souhaité qu'il l'embrassât encore, mais il dit d'une voix étrange :

– Retournez vous coucher, Latonia. Il est trop tard pour l'amour, ce soir. Mais je suis heureux que vous soyez venue.

Il posa la tête sur l'oreiller et lui tourna le dos.

Il la renvoyait! Latonia eut le sentiment d'être projetée du plus haut sommet d'une montagne dans les ténèbres de la vallée.

Pendant un moment, elle fut incapable de bouger ni de revenir à la réalité. Elle avait approché le ciel; mais il lui fallait constater, avec désespoir, que lord Branscombe avait simplement joué la comédie pour les domestiques aux aguets derrière la porte.

Lentement, comme si ses membres ne lui obéissaient plus, elle se glissa hors du lit. Dès qu'elle eut posé le pied par terre, elle voulut tenter, une fois encore, de recommander la prudence à lord Branscombe. Comment pouvait-elle envisager qu'il mourût maintenant qu'il lui avait révélé le but de sa vie?

Avec un serrement de cœur, elle réalisa qu'il n'avait pas ressenti la même félicité. Il la détestait, la méprisait autant qu'auparavant, et l'enchantement qu'il lui avait donné en l'embrassant ne signifiait rien pour lui.

Comme si elle faisait un mauvais rêve, Latonia traversa la chambre. Parvenue au seuil de la porte, elle se retourna. Il était impossible de distinguer quoi que ce fût dans l'obscurité, mais elle devina que lord Branscombe n'avait pas fait un mouvement. Il se souciait apparemment fort peu qu'elle le quittât.

– Bonne nuit, murmura-t-elle.

Elle n'obtint aucune réponse. La jeune fille souleva le rideau de perles et l'entendit tinter lorsqu'il retomba derrière elle.

Une fois dans sa chambre, Latonia fixa longuement la porte qui la séparait de l'homme dont elle portait le nom.

Elle savait, à présent, qu'elle ne désirait plus qu'une chose : s'étendre près de lui et lui demander qu'il l'embrasse encore. C'était extrêmement inconvenant, mais il ne pourrait pas lui refuser, à cause des serviteurs dans le couloir. Elle avait l'impression qu'une voix la poussait à agir de la sorte, car c'était peut-être la seule chance de le sauver. Puis elle se ravisa en songeant que lord Branscombe ne pourrait supporter sa vue, qu'il serait non seulement furieux, mais horrifié d'avoir été obligé d'épouser la dernière femme qu'il eût choisie s'il avait été libre.

« L'avant-dernière », rectifia mentalement Latonia avec amertume, car elle était certaine qu'il méprisait Toni encore davantage.

Malgré tout, elles avaient beaucoup de choses en commun. Toutes deux s'étaient conduites d'une manière insensée sans prévoir que leur complot aurait des répercussions insoupçonnées et provoquerait des situations inextricables.

« Inextricables seulement pour moi! se dit Latonia. Toni, elle, est sauvée! Toni s'est mariée avec l'homme qu'elle aime. Toni... »

Brusquement, elle se dit qu'elle aussi était mariée à l'homme qu'elle aimait. Simplement, lui ne l'aimait pas. Comment aurait-elle pu deviner, comment aurait-elle pu imaginer un instant qu'elle tomberait amoureuse de lord Branscombe en dépit des sentiments qu'il éprouvait pour elle?

Son baiser ne lui avait pas seulement révélé l'amour qu'elle lui portait, il lui avait fait connaître une joie qui dépassait ses rêves les plus fous.

Elle ferma les yeux pour évoquer à nouveau l'étrange flamme qui avait embrasé tout son être.

« Ce n'est pas étonnant, songea Latonia, si les Indiens vénèrent le dieu de l'amour et chantent des hymnes à sa gloire. » L'amour, c'était leur vie tandis que pour lord Branscombe, c'était une chose sans importance.

– Je l'aime, murmura-t-elle dans le noir.

Elle se mit à chercher un moyen de le conquérir. Comment provoquer en lui le trouble, l'émotion qu'il avait suscités en elle?

La nuit précédente, dans son lit, Latonia avait pleuré amèrement, désespérément, à la pensée de la colère de lord Branscombe à la découverte de sa supercherie. En réalité, son chagrin était plus profond. Elle voulait gagner son admiration, sa confiance et, surtout, bien qu'elle se refusât à l'avouer, elle désirait son amour de toutes ses forces.

Lord Branscombe était beau, particulièrement en uniforme. Cependant, ce n'était pas seulement le physique de cet homme qui l'attirait et provoquait son émoi, mais l'impression de puissance et d'autorité qui émanait de lui, et autre chose encore... autre chose qui se situait à l'opposé de ce qu'elle avait ressenti en face du rajah. Pour Latonia, lord Branscombe symbolisait l'honneur, le devoir, la loyauté. En somme, toutes les nobles qualités. Et son propre mensonge ne lui en paraissait que plus grave.

« Il ne m'aimera jamais, se dit Latonia au comble de la tristesse. Il continuera à me mépriser tout au long de notre vie commune. »

A cette navrante évocation, elle ne put retenir ses larmes, des larmes qu'elle versait sur un amour perdu à jamais.

7

Latonia passa une nuit blanche, ressassant mille et mille fois les mêmes désolantes pensées.

Les premières lueurs de l'aube effleurèrent d'abord le plafond avant de baigner toute la chambre d'une lumière dorée. Elle entendit des voix proches et comprit que lord Branscombe était levé.

Elle eut envie de crier d'angoisse à l'idée qu'il prenait des risques inutiles. Après ce qu'elle lui avait appris, comment pouvait-il commettre l'imprudence de sortir et de s'exposer ainsi au danger qui le menaçait.

Les hommes qui conspiraient avec le rajah avaient peut-être projeté une autre manière de le supprimer. Cependant, elle était persuadée que tout ce qu'elle tenterait ne pourrait que conforter lord Branscombe dans sa décision de se conduire normalement et, surtout, de ne pas montrer qu'il avait peur.

Elle l'entendit qui marchait dans la chambre puis dans le couloir, et comprit, bouleversée, qu'il n'y avait plus rien à faire sinon se morfondre.

Elle s'attendait à chaque instant, avec terreur, à un coup de feu ou au cri d'un homme poignardé, mais elle ne percevait que le chant des oiseaux et les bruits habituels d'un monde qui s'éveille à un jour nouveau. Elle distingua également des voix aiguës de femmes, des rires d'enfants et, quelque part dans le lointain, un remue-ménage aisément reconnaissable de vaisselle venant des cuisines.

Tous ces bruits anodins lui semblaient être chargés de menaces : aujourd'hui, parmi ce train-train quotidien, il y avait un homme condamné à mort.

Il restait à Latonia une seule ressource : la prière, et elle pria comme elle ne l'avait encore jamais fait de sa vie.

« Je vous en prie, mon Dieu, je vous en supplie... »

Elle avait l'impression que ses prières tournaient éternellement comme une roue. C'était une supplique lancinante qui implorait aide et protection.

Latonia pria une heure durant. Elle se souvint alors de ce que lui avait précisé lord Branscombe : ils partaient ce matin même. Elle sauta de son lit. Elle était en train de faire sa toilette dans la salle de bains, quand quelqu'un pénétra dans sa chambre. Elle sut qu'elle trouverait un pot de thé sur un plateau. Etait-il empoisonné, avait-elle droit au même petit déjeuner que son mari ?

Puis elle songea qu'elle n'était qu'une femme, une créature inférieure aux yeux des Indiens, et que sa vie ou sa mort n'avait guère d'importance pour eux. Leur objectif était lord Branscombe et tous les coups seraient dirigés contre lui.

Latonia se débarbouilla rapidement en jetant un regard reconnaissant au tuyau d'évacuation qui lui avait permis de surprendre la conversation des assassins.

Pour le moment du moins, lord Branscombe était sauf, mais, à l'idée du danger qu'il courait, Latonia se précipita dans sa chambre et s'habilla en un clin d'œil.

Elle avait décidé de l'attendre là jusqu'à son retour, mais, une fois prête, elle ne put tenir en place.

Malgré son envie de courir, elle marcha posément dans le couloir qui menait à la véranda. Comme elle s'y attendait, le petit déjeuner était servi dans la partie donnant sur le jardin. En voyant, comme tous les jours, la table avec l'argenterie et les serviettes froissées, elle crut un instant avoir rêvé toute cette histoire.

Comment un repas aussi banal, aussi innocent pouvait-il provoquer la mort?

Elle aperçut un serviteur, avec son turban coloré et vêtu d'un *dhoti* immaculé, qui sortait de la maison, portant dans une corbeille tressée les *chipattis* tout frais, sorte de pains azymes que l'on trouvait aux Indes. Il posa la corbeille sur la table. Latonia, avec son infaillible instinct, devina que les *chipattis* étaient empoisonnés et que l'homme le savait.

Elle serra les poings avec force pour s'empêcher de crier devant une telle perfidie. Lord Branscombe était l'invité du rajah; la loi d'hospitalité de l'est de l'Inde interdisait formellement d'attenter à la vie de l'hôte qui vous faisait confiance.

Appuyée au balcon de la véranda, Latonia contempla le jardin éclatant de fleurs et la pelouse qui, malgré les fréquents arrosages, restait jaune par endroits.

Les bourgeons des arbres se détachaient sur le bleu du ciel. Tout n'était que beauté. Pourtant, Latonia ne voyait que la noirceur, la trahison et le mal qui lui étaient apparus depuis son entrée au palais du rajah.

Une voix près d'elle la fit sursauter.

– Lady mensahib attend lord sahib? demanda un domestique.

Elle ne comprit pas immédiatement ce que lui disait l'homme. Elle faillit lui rétorquer qu'elle avait bien le temps de mourir, mais sa réponse aurait mis les assassins de lord Branscombe sur leurs gardes et ils auraient trouvé, sans aucun doute, un autre moyen de le faire périr.

Elle secoua la tête et répliqua d'une voix étrangement calme :

– Oui, j'attends le lord sahib.

Le serviteur s'inclina et se retira.

L'attente se prolongeait. Latonia n'avait jamais trouvé le temps aussi long. Alors qu'elle commençait à perdre la tête en imaginant que ses pires suppositions s'étaient peut-être révélées exactes, et que lord Branscombe avait été victime d'un « regrettable accident », elle entendit son pas dans le couloir et il apparut sous la véranda.

Elle fut tellement soulagée de le voir qu'elle se détourna en laissant échapper une exclamation presque joyeuse.

– Je suis désolé de vous avoir fait attendre, fit-il d'un ton si paisible qu'elle ravala les questions qui se pressaient sur ses lèvres.

Il prit place à la table du petit déjeuner en ajoutant :

– Vous auriez dû commencer sans moi.

Latonia comprit qu'elle avait un rôle à jouer. Elle s'approcha de lui et dit la première chose qui lui vint à l'esprit :

– J'observais les... oiseaux.

Ils étaient, comme d'habitude, très nombreux sur les branches des arbres et sur la pelouse. Ils n'étaient pas farouches, les Indiens ne leur faisaient jamais aucun mal. Certains même, posés sur le balcon de la véranda, guettaient les miettes du petit déjeuner.

– Oui, bien sûr, les oiseaux, fit lord Branscombe d'un air songeur comme s'il venait seulement de les remarquer. (Il marqua une pause, puis reprit lentement à dessein :)

– Peut-être ont-ils faim, eux aussi?

Il prit alors un *chipatti* dans la corbeille, en détacha un petit morceau et le jeta aux corneilles qui cherchaient des vers dans l'herbe rare.

L'une d'elles, plus rapide que les autres, se jeta dessus et l'emporta dans son bec vers les arbres. Elle avait presque atteint la branche où se tenaient ses compagnes quand ses ailes se mirent à faiblir. Un instant plus tard, elle s'abattit sur le sol comme un paquet de plumes froissées. Sa tête s'agita un peu puis retomba, inerte.

Latonia poussa un petit cri, mais lord Branscombe ne sembla pas y prêter attention et, rompant un autre morceau de *chipatti*, il le lança de nouveau. Une seconde corneille fonça, le prit, et s'envola en direction du toit. Elle tomba à son tour tout près de la véranda et s'immobilisa, les ailes frémissantes.

Lord Branscombe, sans un mot, saisit un autre petit pain mais, avant qu'il ait eu le temps de le donner aux oiseaux, le chef des serviteurs qui voyageaient avec eux sortit de la maison et déclara :

– La voiture est là, lord sahib.

Lord Branscombe posa soigneusement le *chipatti* entamé dans la corbeille.

– Dans ce cas, fit-il, je crois que nous ferions bien de partir. Il ne faut pas faire attendre le train.

– Non... non, bien sûr que non, répondit Latonia.

Sa voix sonnait étrangement à ses propres oreilles et elle avait de la peine à quitter des yeux les corneilles, pauvres taches noires sur le vert de la pelouse.

Un domestique lui tendit son ombrelle, son sac et ses gants. En grimpant dans la calèche, elle aperçut son petit sac de voyage en cuir posé sur le siège, en face d'eux.

Elle comprit que, sur l'ordre de lord Branscombe, les autres bagages avaient été placés dans la voiture réservée à leurs propres serviteurs.

Personne n'était là pour leur dire au revoir, et Latonia eut la certitude que lord Branscombe avait volontairement avancé son départ.

Ils passèrent devant le palais sans même y jeter un regard et, en parcourant la ville, Latonia sentit la peur qui se collait à elle comme une pieuvre sournoise.

Le rajah savait maintenant que lord Branscombe était parti, et pourquoi. Elle pressentit le danger alors qu'ils traversaient le bazar. Ce jour-là, les étalages de soieries avec leurs ballots empilés dans l'ombre lui parurent menaçants et le déploiement coloré du marché l'inquiéta. Même la nonchalance des vaches sacrées avec leurs clochettes tintinnabulantes avait quelque chose de suspect.

Dans chaque main qui se levait sur leur passage, Latonia croyait voir un couteau, et le moindre bruit la faisait sursauter comme s'il s'était agi d'un claquement de fusil.

Pour la première fois depuis son arrivée aux Indes, elle détestait ce peuple, et les enfants qui leur souriaient n'étaient plus que des monstres qui les narguaient.

Terrifiée, elle joignit les mains pour s'empêcher de hurler.

Lorsqu'ils furent en pleine campagne, elle jeta des coups d'œil sur les rochers derrière lesquels un homme armé pouvait se cacher et dans les arbres, pour vérifier s'il n'y avait pas un assaillant dissimulé parmi le feuillage.

N'importe quel Indien un peu adroit aurait pu tirer sur lord Branscombe dans cette voiture découverte. Les chevaux trottaient sans hâte, leurs harnais sonnant comme une musique dans le soleil qui nimbait le paysage d'une lumière dorée. Devant eux, Latonia aperçut la gare. C'était maintenant la dernière occasion pour le rajah de se débarrasser de lord Branscombe. Elle aurait voulu lui demander de s'aplatir au fond de la voiture pour qu'il ne restât pas exposé à ses assassins. Mais elle savait que, malgré ses prières, il refuserait et la mépriserait encore davantage pour sa poltronnerie.

Latonia, obsédée par l'idée que l'on pourrait tuer celui qui était son mari, était morte d'angoisse. Elle baissa les paupières. Littéralement pétrifiée, elle retint sa respiration, l'oreille aux aguets, dans une attente intolérable.

« Je vous en supplie... mon Dieu... Je vous en supplie... » (Elle priait comme une mécanique.) « Je vous en prie... Je vous en supplie... »

Les chevaux s'arrêtèrent et elle ouvrit les yeux.

Pendant un instant, elle n'arriva pas à croire que le voyage était fini. L'intensité de son émotion l'empêchait de faire le moindre mouvement. Enfin, dans un effort surhumain, elle sauta de la voiture, traversa le quai et grimpa dans le wagon.

Le train lui apparut comme un refuge. En se retournant pour voir si lord Branscombe la suivait, elle l'entendit ordonner :

– Nous pouvons partir immédiatement.

On ferma les portières. Le chef de gare siffla, et

tandis que le train s'ébranlait, Latonia sentit ses jambes se dérober. Elle tendit la main pour ne pas tomber, puis tout devint noir... On la soutint. Elle reconnut les bras qui la soulevaient et une voix lointaine lui murmura :

– Il est sauvé... Il est sauvé...

Une minute plus tard, elle était étendue sur sa couchette, incapable d'ouvrir les yeux. Lord Branscombe lui ôta son chapeau puis ses chaussures. Sa voix lui parvint dans un brouillard :

– Vous êtes épuisée, Latonia. Dormez maintenant. Nous avons un long voyage à faire et vous n'avez plus à vous inquiéter désormais.

Latonia trouva étrange qu'il prît autant soin d'elle, mais son cerveau fonctionnait au ralenti et seul lui importait le fait qu'il fût vivant. Ils avaient atteint la gare, et il était sain et sauf!

Elle tenta de soulever les paupières, mais elle était trop faible. Elle enfouit sa tête dans l'oreiller comme un enfant qui a besoin d'être rassuré après une grande frayeur.

Latonia entendit lord Branscombe s'éloigner doucement et refermer la porte derrière lui.

Lorsque Latonia sortit de sa torpeur, il était déjà midi. Lord Branscombe lui avait dit que le voyage serait long. Elle se déshabilla et se recoucha. Elle s'était presque rendormie quand un steward lui apporta un léger repas.

C'était le plat national indien qu'ils avaient si souvent mangé : du riz cuit à la vapeur, accompagné de légumes brûlants assaisonnés au curry, le tout servi avec des *chipattis* sortant du four.

Latonia avala le riz et les légumes, mais laissa les *chipattis* en pensant qu'elle ne pourrait plus jamais en voir sans se souvenir des pauvres corneilles clouées au sol, luttant contre la mort.

Son repas achevé, la jeune fille se sentit un peu réconfortée, bien qu'encore très fatiguée. Elle s'assoupit, bercée par le bruit des roues qui scandaient sans répit la même phrase :

– Il est sauvé... Il est sauvé...

Au bout de quelques heures, un serviteur frappa de nouveau à la porte pour la prévenir qu'ils allaient arriver et qu'elle voulût bien se mettre en tenue de cheval.

Il sortit avant que Latonia pût lui poser la question qu'elle avait préparée : où allaient-ils?

Elle enfila son amazone sans trop se soucier de son apparence. Maintenant, elle était reposée et ne désirait qu'une chose : revoir lord Branscombe et l'interroger.

La jeune fille avait espéré qu'ils auraient le temps de parler avant l'arrivée à la gare, mais leur tête à tête dans le wagon ne dura que cinq minutes.

Lord Branscombe l'attendait. Elle remarqua qu'il avait troqué son uniforme contre un costume de cheval et une légère jaquette de tussor. Il était très élégant, mais la simplicité de sa mise prouvait que ce n'était pas un voyage officiel. Latonia aurait bien voulu savoir pourquoi cette province, précisément, était différente de celles qu'ils avaient visitées auparavant.

Elle fixait son mari avec des yeux devenus immenses dans son visage mince en songeant combien c'était merveilleux de le voir vivant, de savoir qu'il avait échappé au sort des malheureux oiseaux.

Quand leurs regards se croisèrent, le cœur de Latonia fit un bond dans sa poitrine. Elle se retint de courir vers lui, de le toucher pour s'assurer qu'il était bien réel et que tout danger était écarté. Mais elle baissa les yeux, ses cils noirs se détachant sur ses joues pâles.

Le train cahota et s'arrêta; elle s'agrippa à un siège pour maintenir son équilibre.

– J'espère que cette étape ne vous fatiguera pas trop.

– Non, non, tout ira bien... J'ai dormi toute la journée, et je suis plutôt honteuse de ma paresse!

– Votre lassitude est bien excusable. Nous avons eu tous les deux quelque peine à trouver le sommeil, hier soir.

Latonia n'eut pas le temps de répondre.

La porte du compartiment s'ouvrit devant les serviteurs qui attendaient. C'était une toute petite gare, plus petite encore que celle où ils étaient descendus pour se marier.

Latonia fit quelques pas sur le quai, intriguée, puis elle leva la tête et poussa une exclamation.

Au-dessus d'eux, haut dans le ciel, se dressaient les pics neigeux de l'Himalaya!

Elle en rêvait depuis toujours. Ils étaient tellement semblables à son rêve qu'elle se crut encore endormie. Devant ses yeux éblouis, les montagnes déployaient leur splendeur argentée. Puis, avant même d'avoir compris, avant même d'avoir pu exprimer les paroles d'émerveillement qui se pressaient sur ses lèvres, elle se retrouva à l'extérieur de la gare.

Deux chevaux étaient là ainsi que serviteurs et bêtes chargées des bagages. Lord Branscombe aida Latonia à se mettre en selle et ils s'éloignèrent. Elle n'éprouvait pas l'envie de savoir où ils se rendaient, trop heureuse d'être avec lui au pied de cet Himalaya tant désiré.

Après avoir quitté le village, ils trouvèrent des fleurs comme Latonia n'en avait encore jamais vues : ce blanc, ce pourpre, ce jaune et même ce bleu ne pouvaient exister qu'au paradis! Elles semblaient sortir d'un conte de fées. La jeune fille avait de la peine à s'arracher au spectacle du ciel : les montagnes d'argent, avec leurs sommets éblouissants, étaient si somptueuses qu'il n'y avait pas de mots pour les décrire.

Ils chevauchèrent longtemps en silence. Au début, la route escarpée était assez large pour leur permettre d'avancer côte à côte, puis elle se rétrécit jusqu'à n'être plus qu'un sentier, et lord Branscombe la devança comme s'il voulait lui montrer le chemin.

Le soleil était encore très chaud, mais le froid tombant des montagnes à l'approche du crépuscule rendait l'air vif et enivrant. La fatigue et la peur de Latonia s'effacèrent pour faire place à une étrange exaltation.

« C'est à cause de l'Himalaya », se dit-elle.

Mais elle savait que ce n'était pas la seule raison. Elle était avec lord Branscombe et ils allaient quelque part où ils seraient seuls, où ne les attendait aucun rajah.

Ils continuaient à grimper sur le chemin étroit. Les montagnes aux reflets d'or rose annonçaient le coucher du soleil.

Soudain, juste devant Latonia, un bungalow blanc fraîchement repeint, éclatant parmi les neiges immaculées, se détacha au flanc de la montagne.

Les fleurs qui l'entouraient étaient encore plus belles que celles entrevues lors de leur ascension et, en approchant, Latonia vit deux superbes faisans de l'Himalaya s'envoler dans les buissons.

Ils atteignirent le bungalow et trois domestiques coururent à leur rencontre. Deux hommes et une femme d'un certain âge, vêtue d'un sari rouge, s'inclinèrent en souriant.

Tandis que les serviteurs s'occupaient des chevaux, ils montèrent quelques marches et pénétrèrent dans une des plus jolies pièces que Latonia eût jamais vue.

Les murs étaient blancs, et des tapis indiens aux couleurs vives étaient jetés sur le sol. Des fleurs étaient disposées sur toutes les tables, et les grands sièges bas avaient été conçus pour donner un maximum de confort.

Lord Branscombe parlait aux domestiques dans leur propre langue. Alors que Latonia, éblouie, regardait autour d'elle, il lui dit :

– Il est tard. Je pense que vous aimeriez prendre un bain? Dès que vous serez prête, nous dînerons, car il me semble que vous n'avez pas beaucoup mangé aujourd'hui.

« Il pense à moi », songea Latonia, et elle se sentit envahie par une chaleur bienfaisante. Enfin, il se préoccupait réellement de ce qu'elle pouvait éprouver.

– Quelle bonne idée! s'écria-t-elle. Mais... dites-moi, à qui appartient cette maison?

– A moi, fit lord Branscombe. Je l'ai achetée il y a quelques années, et je viens ici passer mes vacances.

– C'est splendide! s'exclama Latonia.

Elle jeta un coup d'œil par la fenêtre. Dans le soir qui tombait, les montagnes d'un rose doré prenaient une teinte mauve.

– Je vous parlerai de tout cela plus tard, dit lord Branscombe en souriant.

Latonia le suivit et il la conduisit dans une chambre étonnamment spacieuse pour un si petit bungalow. Le lit semblait un galion sur la mer. La moustiquaire, inutile à cette période de l'année, était drapée tout en haut comme un voile. Les rideaux des fenêtres avaient la même nuance bleue que le ciel sur lequel se détachait l'Himalaya.

La jeune fille remarqua, surprise, qu'un feu avait été allumé dans la cheminée. La servante en sari rouge l'attendait, et Latonia constata qu'une bonne partie de ses bagages avaient déjà été apportés dans sa chambre.

– Votre bain est prêt, lady sahib, dit la femme.

Latonia lui répondit en urdu, et la servante eut un large sourire et se lança dans un bavardage volubile que Latonia avait bien de la peine à suivre.

Le bain, probablement parfumé aux essences de ces fleurs qui poussaient à profusion aux alentours de la maison, acheva de dissiper sa fatigue. L'excitation qu'elle ressentait depuis son réveil augmentait peu à peu et la faisait vibrer comme un instrument de musique.

En sortant de son bain, elle trouva la servante en train de défaire le reste de ses malles. Dans un placard ouvert, Latonia aperçut quelques-unes des jolies robes que Toni lui avait données.

Tout en s'habillant, elle fut irrésistiblement attirée par la baie qui donnait sur la montagne. Les étoiles naissaient dans le ciel, la lune allait bientôt apparaître. Elle se détourna et vit que la femme lui tendait une robe superbe. Latonia n'aurait jamais imaginé pouvoir la porter un jour. C'était une vraie toilette de bal, et quand lord Branscombe l'avait punie en lui interdisant de prendre part à toute distraction mondaine, elle s'était dit que cette robe resterait toujours sur son cintre.

Elle allait se parer comme une jeune mariée. Bien qu'elle n'osât pas se l'avouer, elle brûlait de savoir si son mari la considérait vraiment comme telle à présent.

Latonia ne protesta pas quand l'Indienne l'aida à enfiler la robe. Elle eut l'impression que la servante l'avait choisie non à cause de la couleur, car le blanc, aux Indes, n'était porté que par les veuves, mais à cause du tulle ornant le bas et le décolleté où scintillaient des petites gouttes de diamant, pareilles à de minuscules étoiles.

Lorsqu'elle se regarda dans le miroir, avec sa taille mince soulignée par une ceinture brillante, la jeune fille regretta de ne pas avoir de diadème ni de collier de pierres précieuses.

La domestique, comme si elle avait deviné ses pensées, murmura en urdu :

– Un instant, lady sahib.

Puis elle sortit de la chambre.

Assise devant sa coiffeuse, Latonia se demanda où elle avait bien pu aller. Quelques instants plus tard, la servante revint avec quelques-unes de ces fleurs que les Indiennes mettaient dans leurs cheveux.

Latonia les avait toujours admirées, trouvant qu'elles rendaient les femmes très séduisantes et plus féminines. Disposées avec art dans sa chevelure, elles parachevaient la toilette et lui donnaient un charme troublant.

– Merci... merci... fit-elle.

La servante parut enchantée.

– Lady sahib, très jolie, et lord sahib très beau. Tous les deux bénis par le dieu Krishna.

– Je l'espère, balbutia Latonia dans un souffle.

Elle entra timidement dans le salon. Comme prévu, lord Branscombe l'y attendait. Il portait la tenue de gala des lanciers du Bengale et ressemblait ainsi à l'un de ces magnifiques oiseaux de l'Himalaya qui s'étaient enfuis à leur approche.

Elle s'avança, en essayant de trouver quelque chose de spirituel ou de léger à dire pour dissiper la gêne qu'elle ressentait. Mais leurs yeux se rencontrèrent et ils restèrent immobiles, perdus dans leur mutuelle contemplation.

Une voix à la porte les fit sursauter :

– Le dîner est servi, lord sahib.

Ils jetèrent un coup d'œil décontenancé au domestique.

Lord Branscombe offrit son bras à Latonia. Ils pénétrèrent dans une ravissante petite salle à manger décorée de peintures du Rajput, certainement d'une très grande valeur, mais à cet instant Latonia ne voyait que lord Branscombe.

Lorsqu'ils furent assis à table, la jeune fille remarqua qu'elle était couverte de fleurs et elle se félicita d'avoir mis une robe qui s'harmonisait avec cette parure.

Plus tard, il lui fut difficile de se rappeler ce repas, sinon qu'il était délicieux. Après la nourriture monotone du train, Latonia eut le sentiment que la truite sortait tout droit d'un torrent de montagne, et les autres plats, d'une fraîcheur incomparable, étaient composés des produits de la région. Le jus de mangue servi en apéritif parut à la jeune femme encore plus exquis que le champagne accompagnant le reste du repas.

Quand lord Branscombe leva son verre, Latonia comprit que c'était la consécration d'un événement extraordinaire.

– Aujourd'hui, nous célébrons notre mariage. Oubliez tout ce qui s'est passé hier soir. (Il marqua une pause avant d'ajouter :) Boirons-nous à notre amour? Je crois que c'est notre désir à tous deux.

A son tour, Latonia leva son verre. Son cœur

battait si violemment qu'elle crut ne pas pouvoir répondre, mais elle finit par murmurer :

– J'espère... que... je vous rendrai... heureux.

– Je forme le même vœu en ce qui vous concerne. Alors, buvons à notre amour!

Ils choquèrent leurs coupes. En avalant son champagne Latonia sentit sa poitrine se soulever. Il lui était impossible de soutenir le regard de lord Branscombe.

Après le dîner, elle retourna dans le salon et il la suivit. Comme si quelqu'un l'avait deviné, les rideaux de la fenêtre n'avaient pas été tirés. L'espace d'un instant, ce qu'elle aperçut effaça tout dans son esprit, même lord Branscombe. La lune s'était levée et baignait le paysage d'une lumière irréelle. Les étoiles brillaient dans l'obscurité et les sommets rayonnant d'un éclat presque vivant avaient quelque chose de divin.

– C'est tellement... beau, fit Latonia dans un souffle.

– Comme vous, répondit doucement lord Branscombe.

Elle se retourna stupéfaite. Aussitôt, elle sentit son bras autour de ses épaules.

– Je pensais que vous aimeriez passer votre lune de miel ici.

– Ma... lune de miel? balbutia Latonia.

C'était un mot qu'elle n'aurait jamais imaginé entendre dans sa bouche.

– Cette lune de miel qui n'aurait pu être sans votre avertissement, la nuit dernière. Je me suis répété toute la journée que j'avais eu beaucoup de chance!

– Vous le pensez... vraiment? demanda Latonia.

D'étranges sensations la parcouraient car le bras

de lord Branscombe resserrait son étreinte. Elle était tout contre lui.

La jeune fille reprit :

– Vous ne craignez plus rien ici... C'est sûr? Vous ne croyez pas qu'ils pourraient... vous poursuivre?

Sa voix était angoissée.

La pression de lord Branscombe se fit plus forte.

– Quand vous parlez ainsi, j'ai l'impression que vous vous inquiétez vraiment de mon destin.

– Mais naturellement! s'exclama impulsivement Latonia. J'ai vécu des moments terribles sur le chemin de la gare; je redoutais qu'ils vous tirent dessus.

– Est-ce pour cela que vous vous êtes presque évanouie dans le train?

– Bien sûr! Mais, à présent, vous êtes sauvé. Je vous en prie, soyez prudent... très prudent à l'avenir parce que je...

Elle allait dire : « ... je ne pourrais supporter de vous perdre », mais elle jugea que c'eût été trop révélateur.

Sa voix mourut. Après un silence, lord Branscombe fit, très doucement :

– Voulez-vous finir votre phrase? (Elle secoua la tête. Il ajouta :) Jusqu'à hier soir je croyais que vous me détestiez à cause de Toni. Puis je vous ai embrassée et tout a changé...

Il la sentit trembler. Les joues de la jeune fille s'empourprèrent. Elle aurait voulu se cacher, disparaître.

Il reprit tendrement :

– Quand je vous ai embrassée, Latonia, je n'aurais jamais imaginé que les lèvres d'une femme pussent être aussi douces.

Elle frissonna et demanda d'une voix étouffée :

– Qu'avez-vous... éprouvé?

– Ce que j'éprouve depuis déjà longtemps. Ce sentiment inéluctable contre lequel je luttais et qui me faisait peur. Cependant, l'autre nuit, j'ai bien été obligé d'admettre que c'était l'amour.

Il avait prononcé ce mot d'une voix grave.

– Vous... vous voulez dire que vous m'aimez... un peu?

– Je vous aime comme je n'ai encore jamais aimé. Ne comprenez-vous pas toutes les souffrances que vous m'avez fait endurer?

Elle leva les yeux sur lui d'un air interrogateur, et il poursuivit avec un sourire amer :

– Je croyais que vous étiez ma nièce. J'étais horrifié, scandalisé.

Latonia reprit sa respiration.

– Alors vous... m'aimez?

– Comme un fou. Je suis tombé amoureux en vous apprenant le urdu. J'ai remarqué votre vivacité d'esprit et j'ai réalisé à quel point vous étiez intelligente. J'étais ébloui, à chacune de nos conversations, par votre culture étonnante.

– Et moi qui pensais que vous me méprisiez!

– Quand je vous prenais pour Toni, j'essayais de me rappeler votre conduite odieuse avec le jeune Luddington et les autres hommes... Mais en vain.

– Je suis heureuse. Je désirais tellement que vous m'admiriez et que vous m'aimiez.

– Comment aurais-je pu le deviner? Je n'aspirais qu'à vous rejeter de ma vie. Et, pourtant, chaque parcelle de mon cœur désirait que vous restiez. Oh ma chérie! Vous m'avez rendu si malheureux. (Latonia enfouit sa tête dans son épaule. Il la serra à l'étouffer et reprit en baisant ses cheveux :) Depuis longtemps je savais que je vous aimais et, en me sauvant la vie, vous avez fait preuve d'une énergie, d'une clairvoyance, dont aucune femme au monde n'eût été capable. J'ai su, à ce moment-là, que j'avais trouvé la femme idéale. Celle que je cherchais depuis toujours.

– Vous parlez sérieusement?

– Laissez-moi vous convaincre.

Lord Branscombe lui releva le menton. Il contemplait Latonia comme s'il voulait s'imprégner de sa beauté. Puis il posa ses lèvres sur celles de sa femme. Ce baiser concrétisait tout ce qu'elle attendait depuis si longtemps. Il était encore plus passionné que celui de la nuit précédente, et Latonia eut l'impression que les montagnes, le clair de lune, les étoiles, les dieux même, descendaient du ciel pour participer à toute cette magnificence.

Ils s'embrassèrent jusqu'à ne plus former qu'un seul être. Puis la lune et les étoiles s'effacèrent, et Latonia s'abandonna aux bras et à la bouche de l'homme qu'elle aimait.

Beaucoup plus tard, elle murmura, appuyée à l'épaule de lord Branscombe :

– Je vous aime.

Il l'étreignit avec force et, à la lumière du feu qui projetait son éclat doré dans la pièce, Latonia lut dans ses yeux une telle passion qu'elle fut sur le point de crier de bonheur. De sa main libre, il releva les cheveux de sa femme et dégagea son front en disant :

– Comment pouvez-vous être si parfaite? J'essaie de trouver une faille dans cette perfection, mais je n'y arrive pas. Maintenant, je sais que je suis l'homme le plus heureux de la terre, puisque vous m'appartenez.

– Oh, fit Latonia, ravie, hélas, à présent que je

suis votre femme, je vais être continuellement... angoissée à l'idée de vous... perdre.

– Ne vous inquiétez pas. Je n'entreprendrai plus jamais d'inspection comme celle que nous venons d'effectuer.

– Vous me le promettez?

– C'est facile. Je crois savoir que le vice-roi a l'intention de me confier une autre mission.

– Laquelle? demanda Latonia avec appréhension.

– Je vais être nommé gouverneur. Aucun gouverneur n'aura une femme aussi compréhensive, aussi efficace que vous, mon amour.

– Je n'arrive pas à comprendre...

– Quand notre lune de miel sera terminée, nous rentrerons à Calcutta et vous verrez que je ne vous ai pas menti.

– Je suis folle de joie... Je vous aime tant! Je ne pourrais plus supporter les tourments que j'ai vécus jusqu'à aujourd'hui.

– Au moins, vous saurez à quel point j'ai souffert. (Il ajouta d'une voix qu'elle eut de la peine à reconnaître :) Si j'avais dû vous perdre, j'aurais préféré avaler la « pomme de la mort » plutôt que vivre sans vous.

– Ne dites pas des choses pareilles, cria Latonia. Vous êtes si noble, si généreux! Même si je n'étais pas là, on ferait appel à votre courage, à votre loyauté. Je suis certaine que les Indes ne seraient rien sans vous.

– Pour le moment, je n'y pense pas, mais je suis persuadé, ma précieuse chérie, que nous avons été créés l'un pour l'autre. Ici, dans l'ombre de l'Himalaya, n'avez-vous pas le sentiment que nous nous sommes toujours connus et que notre amour existe depuis le commencement du monde?

– Oui... J'ai la même impression. Papa me parlait souvent de la réincarnation et je formais des vœux pour rencontrer l'homme que j'aurais déjà aimé et qui m'aimerait aussi. (Elle eut un léger mouvement d'impatience en poursuivant :) Je m'en veux de n'avoir pas senti, dès le premier instant, que vous étiez celui-là.

– J'ai dû éprouver la même chose, admit lord Branscombe, mais il ne m'a pas fallu longtemps pour succomber à votre irrésistible emprise. Vous m'avez enchaîné, mon amour, en dépit de tous mes efforts pour vous résister.

– Quel bonheur de découvrir tout cela!

– Et dire que je voulais vous obliger à épouser Andrew Luddington.

Latonia poussa un cri d'horreur.

– Quoi? Comment pouviez-vous être aussi méchant, aussi injuste?

– Je voulais me libérer de cet amour qui grandissait de jour en jour. Je le croyais impossible, je ne voyais que cette issue.

– Et vous imaginiez que j'aurais accepté?

Lord Branscombe sourit.

– Je savais que vous refuseriez. Mais heureusement, nous n'en sommes pas arrivés là. Oubliez tous ces tristes souvenirs et pensons à cette destinée qui nous a conduits l'un vers l'autre...

– C'est notre... karma, murmura Latonia.

– Un merveilleux karma, pour moi, qui deviendra encore plus beau avec le temps.

– Je veux... vous rendre heureux.

– Je n'ai jamais connu un tel bonheur. Vous êtes à moi, mon cher amour, et je veillerai sur vous. Je vous protégerai et je ne vous permettrai jamais plus de me raconter des mensonges.

– Vous me pardonnez?

– Pas complètement. J'ai l'intention de vous punir... de baisers.

Latonia se lova contre lui.

– Cela ne me déplairait pas.

Il l'embrassa et le corps de la jeune femme frémit contre le sien.

– Je vous aime, s'écria-t-il. Dieu que je vous aime! (Ses doigts se refermèrent sur le cou délicat de Latonia.) Si jamais vous cessiez de m'aimer, je serais capable de vous tuer.

– Moi aussi, je vous aime... je vous aime avec mon cœur, avec mon âme. Ils sont tout à vous.

Les mains de lord Branscombe caressèrent sa poitrine. Il murmura :

– Et votre corps?

– Il est à vous aussi. Je vous le demande... croyez-moi.

– Je vous crois, ma belle chérie, mais prouvez-moi encore votre amour.

Il posa ses lèvres sur les siennes, et Latonia sentit monter en elle une flamme qui la fit chanceler. Cette flamme grandit et, tandis qu'il prenait sa bouche, elle se mêla au feu qui embrasait lord Branscombe.

Alors Latonia comprit que les mots étaient inutiles, car les dieux, une fois encore, les prenaient sous leur divine protection.

Ils ne formaient qu'un seul être, unis par un amour né de la nuit des temps et qui durerait éternellement.

Un amour qui ne meurt jamais.

1468

Achevé d'imprimer en Europe (Allemagne)
par Elsnerdruck à Berlin le 30 décembre 2000.
Dépôt légal décembre 2000. ISBN 2-290-30898-6.
1er dépôt légal dans la collection : mai 1983

Éditions J'ai lu
84, rue de Grenelle, 75007 Paris
Diffusion France et étranger : Flammarion